'प्रथम भाग'

रत्नावली

(साझा संग्रह)

संपादक : आरती प्रियदर्शिनी

PUBLICATION

दिल्ली-110089, (भारत)

संस्करण : 2020
ISBN : 9789389984224

प्रखर गूँज पब्लिकेशन
एच-3/2, सेक्टर-18, रोहिणी, दिल्ली-110089
दूरभाष : 7982710571, 7838505899

पहला संस्करण : 2020

आवरणः दुर्गाप्रसाद

रत्नावली 'प्रथम भाग' (साझा संग्रह)
: आरती प्रियदर्शिनी

Ratnavali - Part I
By Arti Priyadarshni

Published by
PRAKHAR GOONJ PUBLICATION
Delhi -110089
E-mail : prakhargoonj@gmail.com, sinha.neelu123@gmail.com
(M) : 7982710571, 7838505899, 01127851059

क्रम तालिका

क्रम स०	विषय	पृष्ठ संख्या

'प्रथम भाग'

रत्नावली

(साझा संग्रह)

मधु कटिहा

दिल्ली

नारी बिन है जग अपूर्ण

पिता का है दर पति का घर....ठौर कहां ममतामयी का?
स्नेह जल खोजे जलजल कर.....नारी जीवन मृग मरीचिका।।
संबल को अबला सम्बोधन....कटे पंख पाया बस बंधन।
कुदृष्टि डली नरपिशाच की....करना पड़ा तुमको ही क्रंदन।।
रूप धरो अब ऐसा दोहरा......चित्रा तुम और तुम ही क्रूरा।
मुखमण्डल बल से उज्ज्वल......ना हो कम अनुराग तेरा।।
मेहंदी चूड़ी की सजधज......मस्तक सिंदूर की लाली हो,
लाज पर यदि आये आंच......खडग लिए महाकाली हो।।
काया कोमल है पायी..........रमणी, कामिनी कहलायी।
भू से किन्तु नभ तक छायी....साक्षी, कल्पना, लक्ष्मीबाई।।
जननी बिन यह जग अपूर्ण...सागर नदी से मिलकर परिपूर्ण।
सृष्टि का यह अटल सत्य है.......शक्ति से ही शिव सम्पूर्ण।।
राष्ट्रीय स्तर की अन्य प्रतियोगिताओं में निबंध व कहानी पुरस्कृत।

सुधा जुगरान
उत्तराखंड

(आलेख)

"महिला दिवस का जन्म व भारत में इसकी प्रासंगिगता"

वर्षों से दुनिया भर में महिला दिवस मनाया जा रहा है। लेकिन यह सवाल सहज ही दिमाग में कौंध जाता है कि आखिर इसका जन्म कैसे हुआ और वर्तमान परिप्रेक्ष्य में यह कितना प्रासंगिक है।

दरअसल अंतर्राष्ट्रीय महिला दिवस एक मजदूर आंदोलन से उपजा था। इसकी शुरूवात १६०८ में हुई थी।

जब १५ हज़ार औरतों ने न्यूयार्क शहर में मार्च निकालकर नौकरी में कम घंटों की माँग की थी। इसके अलावा उनकी माँग वेतन वृद्धी व मतदान के अधिकार को लेकर भी थी। एक साल बाद सोशलिस्ट पार्टी ऑफ अमरीका ने इस दिन को पहला राष्ट्रीय महिला दिवस घोषित कर कर दिया था।

महिला दिवस मनाने का आइडिया एक महिला, क्लारा ज़ेटकिन का था। क्लारा ने १६१० में कोपहेगन में कामकाजी महिलाओं की एक इंटरनेशनल कॉन्फ्रेंस के दौरान अंतर्राष्ट्रीय महिला दिवस मनाने का सुझाव दिया। उस वक्त कॉन्फ्रेंस में १७ देशों की १०० महिलायें मौजूद थी। उन सभी ने इस सुझाव का सर्मथन किया।

सबसे पहले १९११ में ऑस्ट्रिया, डेनमार्क, जर्मनी और स्विट्जरलैंड में अंतर्राष्ट्रीय महिला दिवस मनाया गया था। लेकिन तकनीकी तौर पर हम इस साल १०९वां अंतर्राष्ट्रीय दिवस मना रहे हैं। १९७५ में महिला दिवस को अधिकारिक मान्यता उस वक्त दी गई थी जब संयुक्त राष्ट्रीय ने इसे वार्षिक तौर पर एक थीम के साथ मनाना शुरू किया। अंतर्राष्ट्रीय महिला दिवस की पहली थीम थी, "सेलीब्रेटिंग द पास्ट, प्लानिंग फॉर द फ्यूचर"।

१९१७ में युद्ध के दौरान रूस की महिलाओं ने, 'ब्रेड एंड पीस' यानि खाना और शांति, की माँग की। महिलाओं की हड़ताल ने वहाँ के सम्राट निकोलस को पद छोड़ने के लिये मजबूर कर दिया और अंतरिम सरकार ने महिलाओं को मतदान का अधिकार दे दिया। उस समय रूस में जुलियन कैलेंडर का प्रयोग होता था। जिस दिन महिलाओं ने यह हड़ताल शुरू की थी। वो तारीख २३ फरवरी थी। 'ग्रेगेरियन कैलेंडर' में यह दिन ८ मार्च था और उसी के बाद अंतर्राष्ट्रीय महिला दिवस ८ मार्च को मनाया जाने लगा। भारतीय संस्कृति में नारी के सम्मान को बहुत महत्व दिया जाता है। संस्कृत में एक श्लोक है, "यस्य पूज्यते नार्यस्तु तत्र रमन्ते देवताः" लेकिन वर्तमान परिप्रेक्ष्य में नारी के सम्मान में लिखा यह श्लोक अपनी गरिमा खोता हुवा महसूस हो रहा है। एक मजदूर आंदोलन से शुरू हुवा 'महिला दिवस' आज नारी सशक्तिकरण का पर्याय क्यों नहीं बन पा रहा है? आज नारी सशक्तिकरण की चर्चा सिर्फ किताबों, टीवी चैनलों या कुछ महिला संगठनों के खोखले नारों में ही विराजती है। वास्तव में तो देश की इस आधी आबादी का जीवन आज भी अभिशप्त है। हम जब महिला सशक्तिकरण की बात करते हैं तो हमारे ध्यान में कुछ मुट्ठी भर सबल स्त्रियां ही कौंधती हैं।

हालांकि वे भी कितनी 'ग्लास सीलिंग्स' को तोड़कर यहाँ तक पहुँची हैं, ये तो वही जानतीं हैं। वरना तो यह आधी आबादी अपने अस्तित्व व अधि ाकारों के लिये हर मोर्चे पर जूझ रही है। इसलिये वर्तमान परिप्रेक्ष्य में महिला दिवस की प्रासंगिगता तभी फलीभूत होगी, जब हमारे देश में उस आखिरी लड़की को भी हर वह अधिकार मिलेगा जिसकी वह हकदार है।

अरूण सभरवाल
ब्रिटेन

मात (कहानी)

पर्फ़ेक्ट ....सुंदर, बहुत सुंदर, बड़बड़ाए जा रहा था वह। उसने तोहफ़े को मेज़ पर रख दिया, और निहारने लगा। न जाने कितनी बार देखा होगा उसने उस तोहफ़े को। वह कभी उसे चूमता कभी घुमा-घुमा के देखता कि कहीं कोई सलवट तो नही रह गयी, आवरण चढ़ाते-चढ़ाते? बहुत ख़ुश था, ख़ुश भी क्यूँ न होता, तीन दिन लगाए थे उचित रैपिंग पेपर और बो ढूँढने में। पूरे एक वर्ष से अधिक हो गया है इस दिन की प्रतीक्षा करते-करते। क्यूँकि यह तोहफ़ा तो उसी के नाम से लिया था, किसी और को कैसे दे सकता था। मन ही मन में ख़ुशी से फूला नहीं समा रहा था। तोफहा देते समय वह दीपा के चेहरे पर आयी मुस्कान को देखना चाहता था। उसका मन तो यही चाह रहा था कि अभी उड़ कर जाऊँ और तोहफ़े के साथ अपना दिल निकाल कर रख दूँ। बता दूँ उसे, कि कितना चाहता हूँ उसे। असमंजस में था। सोचने लगा क्यूँ छोटी सी बात का बतँगड बना लिया है। बात तो कुछ भी नहीं थी। एक मतभेद ही तो था। फिर भी इतनी दुविधा क्यूँ है? निर्णय लेने में इतना असमर्थ क्यों है। किसी से मशवरा लेना खिल्ली उड़वाने वाली बात होगी। वह एक बार फिर अपने ही अंतरद्वन्द से जूझने लगा। दीपा को फ़ोन करूँ या न करूँ? निर्णय पर पहुँचने के लिए उसने बचपन के हर हथकंडे को अपनाया। कभी फूल को लेकर उसकी पत्तियों को तोड़-तोड़ कर, कभी हाँ या कभी ना में, कभी छोटी छोटी रेखाएँ खींच कर

और कभी अकड़-बकड भंबे भो कर के। प्रश्न अभी वहीं का वहीं खड़ा था। पूछो, तो यह लड़ाई इतनी बड़ी भी नहीं थी। यह तो केवल उसके अहंकार (ईगो) और संस्कारों की थी। संस्कार वह कि जो गिफ़्ट जिसके नाम लिया था, उसी को देना है। और ईगो मैं क्यूँ पहल करूँ। इसी कारण एक वर्ष से उसे मिल नहीं पाया। मेरा अहम आड़े आता रहा। अब नहीं, इसी ईगो के कारण कोमल को खो चुका हूँ। इस बार दीपा को नहीं खोना चाहता। अभी तो बिज़ी टाइम है, क्रिसमस के बाद ही फ़ोन करूँगा दीपा को। सोच ही रहा था कि, घंटी बजी, दरवाज़े पर अजय था बोला हूँ ....क्रिसमस की तैयारी हो रही है क्या? यार यह, मेरा गिफ़्ट तो मुझे अभी दे दे"

"तेरे घर आ के दूँगा, बुला रहा है न क्रिसमस डिनर पर?"

"तुझे निमंत्रण की ज़रूरत है क्या, आ जाना क्रिसमस ईव पर, एक सरप्राइज है तुम्हारे लिए"। "वाह इतना सुंदर गिफ़्ट मेरे लिये है क्या? "अजय ने उसके खूबसूरत गिफ़्ट को देखते कहा "नहीं यार, यह किसी ख़ास के लिए है।" विशाल ने हिचकिचाते कहा वो दिन भी आ गया था। विशाल तैयार होते-होते भीतर से अपने लिए निर्णय से बेहद खुश था, किआज उसने अपने अहम की लड़ाई में पहली सीढ़ी पार कर ली है। खुद को हल्का महसूस करने लगा, मानो उसके कंधों से भार उठ गया हो। पार्टी में बहुत लोग थे। उसने इधर-उधर नज़र दौड़ाई अजय कहीं दिखायी नहीं दिया। थोड़ी देर पश्चात् अजय की नज़र विशाल पर पड़ी "हाय विशाल," "मैरी क्रिसमस" विशाल ने उसे प्रेज़ेंट देते हुए कहा, कब आए? कुछ खाया पिया क्या? अजय तुम्हारी सर्प्राइज़ कहाँ है। धैर्य रखो, अभी मिलवाता हूँ तो तीन मिनट के पश्चात् अजय आया, परिचय करवाते बोला "विशाल यह हैं मेरी मंगेतर दीपा, ..." "दीपा यह है मेरे दोस्त विशाल"।

कुछ क्षण विशाल दीपा को देख कर स्तब्ध और निश्ब्ध खड़ा रहा। एक फीकी सी मुस्कान के साथ उसने दीपा से साथ हाथ मिलाया। खुद को कोसते बड़बड़ाया ...एक बार फिर ...मेरी ईगो, मुझे मात दे गयी विशाल तुमने बहुत देर दी। वक्त किसी का इंतज़ार नहीं करता। अब विशाल वहाँ एक पल भी रुकना नहीं चाहता था। वह बहाना बनाते बोला माफ़ करना विशाल अभी-अभी घर से फ़ोन आया था। मुझे जाना पड़ेगा।

डॉ. अनिता राठौर मंजरी
आगरा (उ.प्र)

हैप्पी वूमंस डे (कहानी)

"बहू, इस बार सोनोग्राफी करवा ही लो। अगर बेटी हो तो अबॉर्शन करवा लेना। पहली एक बेटी तो है ही तुमको।"

"माँ जी, क्या फर्क पड़ता है बेटा हो या बेटी? आजकल तो दोनों का पालन- पोषण और शिक्षा-दीक्षा एक जैसी होती है। और सबसे महत्वपूर्ण बात यह है कि दोनों को ही हमारे पास रहना तो है नहीं।

अगर बेटी विदा होगी तो बेटा भी बाहर ही जॉब करेगा।" नेहा ने अपनी सासु माँ को समझाते हुए कहा।

"चलो मैं तुम्हारी बात से सहमत भी हो जाऊं लेकिन तुम्हारी दादी सासु माँ तो बिल्कुल नहीं मानेंगी।"

"तो आप प्लीज उन्हें समझाइए ना।"

"नहीं मैं तो उनके सामने इस बारे में कुछ बोल भी नहीं सकती। मेरे समय तो सोनोग्राफी की ऐसी सुविधा नहीं थी फिर भी दो बेटियों के बाद उन्होंने अनुभवी दाइयों द्वारा मेरे पेट का मुआयना करवा कर दो कन्या भ्रूण गिरवाये थे। उसके बाद नितिन का जन्म हुआ था।

"ओह! तभी आपका स्वास्थ्य ठीक नहीं रहता है। मैं स्वयं इस बारे में दादी माँ से बात करती हूँ।"

"प्लीज नेहा, माँ जी से इस बारे में तुम कोई बात नहीं करना वह नाराज हो जायेंगी। घर में सभी उनका और उनकी इच्छा को बहुत सम्मान करते हैं।" "माँ, जी दादी माँ का और उनकी हर अच्छी बातों और इच्छाओं का मैं दिल से सम्मान करती हूँ लेकिन उनकी इस बेतुकी इच्छा का मान मैं नहीं रख पाऊँगी। मैं अपनी कोख में पल रहे अपने अंश की हत्या करके यह पाप नहीं करूंगी।" नेहा ने अपना फैसला सुना दिया।

नेहा का यह फैसला सुनकर पूरे परिवार में हड़कम्प मच गया। दादी माँ ने अपने भावात्मक अस्त्र का इस्तेमाल करते हुए ऐलान कर दिया, "जब तक नेहा सोनोग्राफी नहीं करवायेगी तब तक वह अन्न जल ग्रहण नहीं करेंगी।"

सोनोग्राफी के लिए सभी नेहा पर दबाव बनाने लगे। सच तो यह था सभी अपरोक्ष रूप से सभी चाहते थे कि इस बार बेटा ही हो। पहले नितिन सोनोग्राफी के खिलाफ था लेकिन दादी माँ का लाडला होने के कारण उसने भी कह दिया, "नेहा, आखिर सोनोग्राफी करवाने में हर्ज ही क्या है? सभी लोग ठीक ही तो कह रहे हैं जब पहले से ही एक बेटी है हमारे तो फिर दूसरी क्यों? जब यह सुविधा है तो उसका लाभ उठाना ही चाहिए।" "नितिन, सोनोग्राफी की सुविधा का यह गलत और गैरकानूनी इस्तेमाल है। मैं सोनोग्राफी नहीं करवाऊंगी" नेहा ने कठोर स्वर में कह दिया।

"तो ठीक है जब दादी माँ भूखी-प्यासी मर जायें तभी तुम्हें चैन मिलेगा-" नितिन क्रोधित हो उठा।

परिवार का हर सदस्य उसके खिलाफ हो गया।उस पर सभी सोनोग्राफी के लिये दबाब डालने लगे। दादी माँ की इच्छा और परिवार के अत्याधिक दबाब के कारण गुस्से में वह अकेले ही सोनोग्राफी करवाने चली गयी। लौट कर आयी तो उसने सभी को शुभ समाचार सुना ही दिया, "आप सभी को ढेर सारी बधाइयाँ। इस बार आने वाले नन्हें सदस्य के आगमन पर हमारे यहाँ उत्सव का माहौल होगा। "यह सुनकर तो सभी की खुशियों का ठिकाना

ना रहा। दादी माँ ने अपना अनशन तोड़ दिया। माँ जी अस्वस्थ होने के बाबजूद भी खुशी के अवसर पर रसोई में पकवान बनाने लगीं। पापा जी डाइबिटीज के मरीज होते हुए भी ढेर सारी मिठाई खा गये और नितिन ने मौका पाते ही उसके पेट को चूमकर मूछों को ताव देते हुए गौरान्वित स्वर में कहा, "अब मैं भी बेटे का बाप बन जाऊंगा।"

डॉक्टर ने डिलेवरी की ८ मार्च डेट दे दी। घर में नन्हें मेहमान के स्वागत लिए तैयारियां शुरू हो गई। दादी माँ ने देसी घी के लड्डू ऑडर करवा दिये। माँ जी ने काम वालों को देने के लिए इनाम मंगवा लिये। पापा जी ने ढोल वाले को बुक कर दिया। नितिन ने अपने दोस्तों को पार्टी के लिए बोल दिया।

८ मार्च को सभी अस्पताल पहुंच गए। लड्डू रखे हुए थे और ढोल वाले तैयार खड़े थे। सभी बेसब्र थे कि अंदर से कब शुभ समाचार आये।

जैसे ही नर्स ने बाहर आकर कहा, "मुबारक हो....

नर्स के कुछ आगे बोलने से पहले ही दादी माँ ने उसके मुँह में जबरदस्ती पूरा लड्डू ठूँस दिया। ढोल वाले ढोल बजाने लगे और लड्डू बटने शुरू हो गए।

लड्डू खाकर नर्स आश्चर्य एवं प्रसन्न भाव से बोली, "मैंनें आज तक किसी बेटी के जन्म पर इतनी खुशी नहीं देखी जितनी आज देख रही हूँ। सच में, आप सभी ने आज "डे-" को सच्चे अर्थों में सार्थक कर दिया।

यह सुनकर वह सभी एक दूसरे का मुँह ताकने लगे। अंदर नेहा अपनी नन्हीं परी को दुलारते हुए बोली, "-हैप्पी वूमंस डे-" मेरी नन्ही परी। फिर मुस्कराते हुए बोली, "बेटा, तुझे एक राज की बात बताऊँ, मैंनें तो सोनोग्राफी करवाई ही नहीं थी। सभी से झूठ बोला था।"

यह सुनकर नन्हीं परी खिलखिला पड़ी। ऐसा लगा जैसे कह रही हो -"ममा, आप बहुत अच्छे हो, आपका यह झूठ, झूठ नहीं सौ सच के बराबर है।"

डॉ. नीरजा श्रीवास्तव 'नीरू'
फ़रीदाबाद (हरियाणा)

तुम कौन हो?

तुम जो अपना घर छोड़कर आई हो मेरे पास,
बताती हो कि मैं हूँ तुम्हारे सब रिश्तों में ख़ास,
तुम जो लगी रहती हो निपटाने में मेरे घर के काम,
कोना कोना सँवारने, सुधारने में लगाती हो प्राण,
तुम जो पकवान बनाकर खिलाती हो शाम सवेरे,
खुश होकर करती हो, अतिथियों का स्वागत मेरे,
अपने हिस्से की खीर भी मेरे बच्चों को खिलाती हो,
कलेजे का टुकड़ा कहकर उन्हें सीने से लगाती हो,
तुम जो भूखी बैठी रहती हो सारा दिन मेरे इन्तज़ार में,
हक़ से डाल देती हो मुझे एक और रोटी बड़े मनुहार से।
तुम्हारे होने से कमा पाता हूँ, पाई सारी कमाई है,
पर, अपना हक़ न माँगने में तुमने समझी भलाई है।
बंद कमरे में जो तुम्हारी सिसकियाँ उभरती हों,
खुला किवाड़ तो पाता, वैसी ही मुस्कराती हो,
अपनी ज़रूरत पे कभी जो तुमने मुँह खोला,
मैं शोला सा भड़का, 'तुम कौन?' मैं क्यूँ खौला?
क्या सही हमारे शब्द? तुम हो कौन? घर की रानी के लिए?
सारा अधिकार हमारा, नहीं झूठे भी उसका, कहानी के लिए?
फिर देते क्यूँ नहीं अधिकार, जिसका उसे भी अधिकार है?
हम जताते जैसे पत्नी पे हक़, वो भी उस हक़ की हक़दार है।

श्रीमती शन्नो श्रीवास्तव
फ़रीदाबाद (हरियाणा)

मौन संवाद

आओ आज कुछ बात कर लें
जिंदगी के कुछ हिसाब कर लें
कितना प्यार करते हो मुझसे
आज इस पर ही कुछ संवाद कर लें

सोचना जरा कब मेरी आँखों में झांका था तुमने
कितनी बार मेरी जज्बातों को सही आंका था तुमने
बिन कहे क्या कभी मेरी बात समझी है तुमने
आओ आज थोड़ा संवेदनाओं का हिसाब कर लें

तन को तो छूकर गुजरे हो बहुत बार
सोच कर देखो कि मन को छुआ था कब आखिरी बार
मेरी आँसूओं से क्या कभी भीगी हैं तुम्हारी भी पलकें
आओ थोड़ा सच्चाई पर ही विचार कर लें
प्यार कोई इबारत तो नहीं है जो लिखी जाय
प्यार शायरी भी नहीं जो पढ़ी जाय
यह एक अनकही आस है तुमसे
अब इस आस पर ही लगाम कस लें।

पूनम अहमद
मुंबई

पोटली (कहानी)

मेरा ४५वां जन्मदिन था, तनु और राहुल आजकल के बच्चे हैं तो रात को १२:०० बजे ही उन्हें विश करने का शौक है सो उन्होने मुझे भी १२:०० बजे तक जगाय रखा। १२:०० बजे ही मुझे विश किया, मुझसे केक कटवाया। १०:३० बजे तक सोने वाले विनय भी खुशी-खुशी इस प्रोग्राम में शामिल थे। मैं कई बार कहती हूँ, मुझे १२:०० बजे तक मत जगाना, सोने देना, वही गिफ्ट होगा मेरा पर बच्चों ने ना यह बात कभी मानी है ना शायद आगे मानने वाले हैं।, तीनों ने मुझे गिफ्ट भी उसी समय दिए, अच्छा लगा, मैं खुश थी।

सुबह जब मैं सोकर उठी तो हमेशा की तरह डिनर बाहर करने का प्रोग्राम बना कर विनय ऑफिस और बच्चे कॉलेज चले गए। इन तीनों को भेजकर जैसे ही मोबाइल ऑन किया व्हाट्सअप पर मेरी दोस्तों और रिश्तेदारों की शुभकामनाओं के संदेश थे, सब पढ़े, सब को थैंक्स लिखा फ़ेसबुक ऑन किया तो वहां भी बर्थडे के मैसेज थे। १:०० बजे लंच करने के बाद मैं फ्री थी, थोड़ा आराम करने लेटी तो दिमाग में बहुत कुछ चलने लगा। इसी बिल्डिंग में रहने वाली मेरी तीनों दोस्त,उन्होंने भी व्हाट्सएप पर

मैसेज डाल दिए थे, यहां तक कि मेरी ननदें, देवरानी,जेठानी,बड़ी बहन सब ने फ़ेसबुक पर मुझे विश किया था।

यह क्या बात हुई, क्या इन विशेष दिनों में भी किसी के पास बात करने की फुर्सत नहीं है या जरूरत नहीं है। अचानक पता नहीं मेरे दिमाग में क्या आया, मैं स्टोर रूम में चली गई बहुत पुराना बैग खोला, एक पोटली निकाली, उसे खोलकर वहीं जमीन पर बैठ गई। उसमें हाथ के बने हुए जन्मदिन के कुछ कार्ड्स थे, कुछ चिट्ठियां थी जो मेरी दोस्तों रिश्तेदारों ने मेरे जन्मदिन पर भेजी थी। मैंने उन्हें यूं ही सूंघते हुए छुआ,दिल को जैसे ठंडक सी महसूस हुई, लगा कहां गया वह चिट्ठियों का जमाना। स्टोर के ठंडे फर्श पर कितनी ही यादों में डूबी मैं मुस्कुरा दी थी। शब्दों का जादू और भावों का सम्मोहन! क्यों उतर जाते थे शब्द मन के अंदर खुशबू से सराबोर अक्षर अक्षर में लिखने वाले की उपस्थिति महसूस होती थी।

मैं सोच रही थी संवाद के जितने तार समाज में फैल रहे हैं उतने ही रिश्ते जुड़ने के बजाय बिखर और उलझ रहे हैं। अब तो कोई चेहरा नहीं उभरता सिर्फ फीके, रसहीन शब्द झांकते मिलते हैं। अचानक वह समय याद आ गया जब हम अपनी भावनाओं को स्याही में लपेटकर कोरे कागजों को चिट्ठियां बना देते थे। समय जब आधुनिकता में बदला तो सबसे पहले ये भावनाओं से भरे अक्षर गुमनामी की अंधेरी गलियों में चले गए। मेरी आंखो के सामने ये खत, कार्ड, एक एक पन्ना पुरानी यादों को एक खूबसूरत तस्वीर की तरह ला रहा था। ना जाने कितनी अनगिनत भावनाओं का लेखा-जोखा इन शब्दों में होता था। जमाने की आबोहवा ने ना सिर्फ हमारा लाइफस्टाइल बदला बल्कि एक-एक कर अनगिनत डिजिटल चीजों ने हम पर अधिकारपूर्वक कब्जा कर लिया। मोबाइल में भी कई विकल्प खोल दिए तो फ़ेसबुक ने अपनों को छोड़कर अनजान रिश्तो को जोड़ना शुरु कर दिया।

मैं इस वर्चुअल वर्ल्ड के खिलाफ नहीं हूँ क्योंकि मैं आज खुद इनका हिस्सा हूँ पर वह दिन आज भी दिल के एक कोने में गुनगुनाते हैं। मैं अपने हाथ की पोटली की अनगिनत यादों की गिरफ्त में बैठी थी जहां

कुछ भी बनावटी नहीं होता था,पसंद ना आने पर भी किसी की पोस्ट को लाइक करने की चिंता नहीं, अपने प्रिय को मनाने के लिए सिर्फ एक आई लव यू स्माइली का सहारा नहीं, घर लौट कर अपने परिवार से मिलने के बजाय फ़ेसबुक अपडेट करने की फिक्र नहीं और अपनी भावनाओं को अपनों के बजाए अनजान लोगों से बांटने का चस्का नहीं। अकेले में अपने उन पुराने पीले पड़ चुके कार्ड, चिट्ठियों की पोटली के कुछ सूखे फूल, रिश्तो से महकती कार्ड की कतरने मुझे किसी और ही दुनिया में ले गई थी। मेरा मन हुआ मैं अभी अपनी सभी पुरानी सहेलियों, रिश्तेदारों को अपने हाथ से कुछ लिखकर भेजूं, फिर सोचा, कहीं मजाक ना बने, इस जमाने में जब किसी से बात करने के लिए एक उंगली से बटन दबाने की देर है तो पता नहीं मेरे शब्दों में छुपी भावनाएं कोई समझेगा भी या नहीं, मुश्किल ही है रहने देती हूँ, दिल गुलजार साहब के शब्दों को याद करने लगा, "लिफाफों और पोस्टकार्ड की दुनिया कुछ ऐसी बेतरतीब हो गई, बख्शीश लेने को भी डाकिया घर नहीं आता है। "मैंने सब चीजों को समेटकर किसी खजाने की तरह अपनी पोटली फिर सहेज ली थी।

रेनू मंडल
मेरठ

पूर्वाग्रह

जैसे-जैसे घड़ी की सुइयां आगे बढ़ रही थीं, रितु के मन की बेचैनी बढ़ती जा रही थी। मम्मी दो तीन बारलंच के लिए बुला चुकी थीं किंतु उसकी भूख प्यास सब समाप्त हो गई थी। शाम को उसे लड़के वाले देखने आ रहे थे। अब क्या करे वह? क्या वह मम्मी पापा को सब कुछ बता दे किंतु वह जानती है, वेलोग कदापि उसकी भावनाओं को नहीं समझेंगे। रह रह कर चार माह पूर्व की स्मृतियां जीवंत होकर आंखों में तैर रही थीं। कंपनी की तरफ से उसे और उसकी सहेली नीतू को एक प्रोजेक्ट के सिलसिले में दिल्ली भेजा गया था। नीतू का बॉयफ्रेंड दिल्ली में ही था। वह रोज शाम को उसके साथ घूमने निकल जाती और रितु गेस्ट हाउस में बोर होती रहती थी। एक दिन उसे ऑफिस में उसका कॉलेज फ्रेंड संजय मिल गया। वह भी उसी की तरह पूना से दिल्ली आया हुआ था। उस दिन दोनों देर तक बातें करते रहे।

अब अक्सर दोनों की शामे साथ बीतने लगीं। समय बीतता रहा और दोनों की दोस्ती परवान चढ़ती रही।

आखिर जाने का समय निकट आ गया। एक शाम कॉफी पीते हुए संजय ने कहा, "रितु, मैं कई दिनों से तुमसे एक बात कहना चाहता हूँ। मैं तुमसे

शादी करना चाहता हूँ।" रितु की आंखों में नमी तैर गई।

अपने जज्बातों पर काबू रख वह बोली, "ऐसा होना संभव नहीं संजय। मेरी बड़ी दीदी ने लव मैरिज की थी किंतु जीजा जी से उनकी बिल्कुल नहीं बनी और एक वर्ष के अंदर तलाक हो गया। "संजय बोला," अपनी दीदी के साथ हुए हादसे के कारण अपने मन में कोई पूर्वाग्रह मत पालो। ऐसा करके तुम जिंदगी का सही फैसला नहीं ले पाओगी। "नहीं संजय, शादी तो मैं मम्मी पापा की पसंद से ही करूंगी।" अगले दिन वे दोनों वापस लौट जाने वाले थे। विदा लेते हुए संजय मुस्कुरा जरूर किंतु उसकी मुस्कुराहट के पीछे जो दर्द छिपा था उसे रितु भुला नहीं पा रही थी। वह भी तो संजय को दिलो जान से चाहती थी।

किंतु स्वीकार करने से डरती थी। स्मृतियों के दायरे से वह बाहर निकली तो देखा शाम के ५:०० बज रहे थे। तभी मम्मी कमरे में आईं, "लड़के वाले आ गए हैं। जल्दी से तैयार होकर बाहर आ जाओ"। रितु ने अपने आंसू पोंछे और बेमन से तैयार होकर ड्राइंग रूम में आई। सामने संजय को अपने पेरेंट्स के साथ बैठा देख वह हतप्रभ हो उठी। "संजय तुम यहां कैसे? मम्मी पापा हंसते हुए बोले," बेटा, तुमने यह कैसे समझ लिया कि हम तुम्हारी भावनाओं को नहीं समझेंगे? तुम्हारी सहेली नीतू ने हमें फोन पर सब कुछ बता दिया था। तभी हमने संजय से संपर्क किया।" रितु पापा के गले लग गई। सबकी नजरें बचाकर संजय ने उससे शरारत भरे अंदाज़ में पूछा, "क्यों देवी जी, अब हमारी दोस्ती को क्या नाम दोगी, टाइमपास?" नहीं, हमारी दोस्ती प्यार है, जीवन भर का साथ है। रितु का चेहरा रक्तिम आभा से दमक उठा था।

सुधा कसेरा

हैदराबाद

जेनरेशन गैप

"सुनील..., क्या तुम्हें इसी दिन के लिए पाला था कि एक दिन तुम हमसे अलग रहने की बात करो....माँ-बाप अपने बच्चों को "हमारे बुढापे का सहारा बनेगा" इसी आशा से उन पर तन-मन-धन न्यौछावर करके पालते हैं, लेकिन बच्चे भी तो उनके प्रति अपना कर्तव्य समझें...! "रामलाल जी चिल्लाकर बोले।

"पापा मैं कब अपने कर्तव्य से विमुख हो रहा हूँ..., दूर रह कर भी तो आपका ध्यान रख सकता हूँ, उसके लिए साथ रहना ही क्यों ज़रूरी है...? आजकल संपर्क के इतने साधन हैं कि आपके एक फोन से ही मैं तुरंत हाज़िर हो जाऊंगा। मेरा ऑफिस वहां से पास है। दूसरा माँ की सोच से शिखा की सोच मिलती नहीं है। दोनों की खिच-खिच से मैं तंग आ गया हूँ। शिखा उनके जमाने की बहुओं की तरह घर में तो रहती नहीं है. नौकरी से थक जाती है तो कैसे लौट कर सबके लिए खाना बना सकती है...? उनको कितना समझाया कि खाना बनाने वाली मेड रख लें, लेकिन वे कुछ समझना ही नहीं चाहतीं। घर खर्च चलाने के लिए उसका नौकरी करना भी आवश्यक है....मेरी आप लोगों के प्रति ज़िम्मेदारी है तो अपनी

पत्नी का ध्यान रखना भी तो मेरा कर्तव्य है। आप दोनों आज के बदले

हुए समय के अनुसार सोच रखते तो मुझे यह निर्णय लेने की आवश्यकता ही नहीं पड़ती। मुझे शान्ति चाहिए, जिससे कि मैं अपने करियर पर ध्यान दे सकूं...”

सुनील ने एक ही सांस में सारा आक्रोश उगल दिया और बड़बड़ाता हुआ, “जाने कब माँ-बाप अपने बच्चों को अपनी संपत्ति समझना छोड़ेंगे. ...!” ऑफिस के लिए निकल गया। एक हफ्ते के अन्दर ही उसने घर बदल लिया, लेकिन बाप-बेटे में अनबोला ही रहा। एक दिन अचानक किसी परिचित से सुनील को पता चला कि उसके पापा की तबियत ठीक नहीं है, सुनते ही वह उनके पास पहुँच गया, देखा कि उसके पापा को कई दिनों से तेज बुखार है, जो उतरने का नाम ही नहीं ले रहा। उसने तुरंत किसी अच्छे डॉक्टर को दिखाया। डॉक्टर ने अस्पताल में ही रहकर कई तरह के टेस्ट करवाने की सलाह दी। सुनील ने ऑफिस से छुट्टी लेकर उनकी देखभाल की और डिस्चार्ज होने के बाद अपने घर ले आया। घर लाने के बाद उसने और शिखा ने उनका पूरा ध्यान रखा। एक दिन मौका देखकर सुनील अपने पापा से बोला, “पापा आपने मुझे अपने तबियत खराब होने की सूचना क्यों नहीं दी..? अलग रहने का मतलब यह थोड़े है कि हमारा रिश्ता ही ख़तम हो गया। हमारी जेनरेशन और आपकी जेनरेशन के जीवन-शैली में नई टेक्नौलोजी के कारण अत्यधिक अंतर है, जो आपके और आपके पिता में नहीं थी। आप अपनी जीवन-शैली के अनुसार जीना चाहते हैं और हम भी बदलते समय के अनुसार अपने जीवन-शैली को जीने के लिए मजबूर हैं। साथ रहकर हम दोनों ही अपनी सोच के अनुसार स्वतंत्रतापूर्वक नहीं जी पा रहे थे और ताल-मेल बैठाने में दिक्कत आ रही थी, रोज-रोज के टकराव की स्थिति को टालने के लिए अलग रहकर जीवनयापन करने में बुराई क्या है? इसमें गलती सिर्फ अलग-अलग सोच की है और किसी की भी नहीं.....”

“समझ गया बेटा, मुझे माफ़ कर दे.... आखिर तो बच्चे ही काम आते हैं, इसलिए उनकी समस्या को समझना भी हम माता-पिता का कर्तव्य है...” रामनाथ जी ने सुनील को गले लगाते हुए भीगे स्वर में कहा।

किरण मिश्रा "स्वयं सिद्धा"
नोएडा

कविता

जब मुस्कुराता है
कोई फूल,
और चटकती हैं कलियाँ
होंठो की,

झिलमलाता है कोई अक्स,
इन्द्रधनुषी मन के वितान पर,
टूट कर बिखर जाता हैं
कोई कोमल अहसास,
समझौतों के सन्धि पत्र पर,

आसमाँ ढक जाता है,
यादों के बादलों से,

और झरती है,
पलकों से दर्द की
वो सीली-सीली
नमकीन सुनामी,
घिर आती हैं यादें,
अन्तस में
घनघोर, घटाटोप, घटायें बन,

तब, सावन सा छलक जाता है
मन पन्नों पर.....,
और जन्म लेती हैं,
जाने कितनी,
विरह और मिलन की
अद्‌भुत कवितायें......

क्यूँकि ...."प्रेम"
कविताओं के
जन्म के लिए
अत्यंत "उर्वरा प्रोन एरिया है।"

डॉ. लुबना कमाल
लखनऊ

स्त्री की भावनाओं पर हावी होता पुरुष मनोविज्ञान

कुछ दिन से शाहीन बाग़ में चल रहे विरोध प्रदर्शन को कुछ लोगों ने बुर्के वालियों का प्रदर्शन बताया। कुछ लोगों ने ये भी टिप्पड़ी की कि न्यूड या बिना कपड़े पहने विरोध दर्ज होता तो ज्यादा अच्छा था।

पर सवाल ये है कि महिला का कपड़ा पहन लेना या उतार देना हमेशा समीक्षा का विषय क्यों बना रहता है। क़ुरान की एक आयत में है कि ईश्वर में आस्था रखने वाले मर्दों को चाहये की वो अपनी नज़रें झुका कर चलें (अद्याय २४ सूरह नूर श्लोक ३०)। संयोग से क़ुरान ने पर्दे से सम्बंधित टिप्पड़ी पहले मर्द के लिए की है। पर पुरुष प्रधान समाज ने उसको सिरे से ग़ायब कर रखा है सदियों से। महिलाओं को केवल ये बताया गया कि उनको पर्दे में रहना अनिवार्य है। पुरुष ने स्वयं को सदैव से स्वतंत्र रखा।

जबकि यदि पुरुष अपनी नज़र को क़ाबू में रखे तो स्त्री चाहे कुछ पहने या कुछ न पहने, फ़र्क़ नही पड़ेगा। पर मनोविज्ञान के अनुसार पुरुष के लिए ये कर पाना सम्भव नही है। डॉ स्टीफ़न सिंडर, साइकोलॉजी टुडे में लिखते हैं कि की महिला और पुरुष की कामुकता में उतना ही अंतर है जितना

कि दिन और रात में होता है। महिला भावनात्मक रूप से जुड़े बिना यौन संबंध का आनंद नही ले पाती। जबकि पुरुष के मन मे कामुक विचार आने के लिए केवल सौंदर्य की एक झलक भर पर्याप्त होती है। पुरुष का मन स्त्री के किसी भी सुंदर अंग को देख कर उत्तेजित हो सकता है। मैं हैरान रह गई थी ये सुनकर जब मेरे एक पुरुष रोगी ने कहा कि मेरी आँख में हल्की से काजल की लकीर उसको व्यथित कर रही है। जबकि मैं सर से पैर तक ढकी हुई थी।

समाज में ऐसे पुरुषों की संख्या बहुत ज्यादा है। या तो हम ये देखना और जानना ही नहीं चाहते या फिर देख कर अनदेखा कर देते हैं। जबकि किसी समस्या का समाधान तो तब सुझाया जा सकता है जब उसको समस्या माना जाए। जब तक हम लैंगिक अंतर को स्वीकार ही नहीं करेंगे तब तक न हम उस पर अध्यन्न करेंगे न ही समाज मे कुछ बदलने का प्रयास करेंगे।

केवल बलात्कार और छेड़ छाड़ को दोष नही दिया जा सकता।डॉ लैरी यंग और डॉ ब्रायन अलेक्जांडर अपनी किताब "द केमिस्ट्री बिटवीन अस" में लिखते हैं कि पुरुषों का महिला स्तन के प्रति आकर्षण स्वाभाविक इसलिए है क्योंकि जब महिला का स्तन उत्तेजित होता है तो शरीर मे ऑक्सीटोसिन नामक हॉर्मोन का रिसाव होता है। ऑक्सीटोसिन को लव हॉरमोन भी कहा जाता है क्योंकि ये माँ और बच्चे में या महिला और पुरुष के बंधन को गहराता है। इसलिए पुरुष में स्त्री के स्तन के प्रति आकर्षण स्वाभाविक और प्राकृतिक है।

मनोवैज्ञानिक दृष्टि से एक आम आदमी भी ये बता सकता है कि यदि कोई कुछ समय से भूखा हो और उसके सामने कोई बार बार पकवान दिखा दिखा कर खाया जाए तो क्या होगा।जब भूख सीमा को पार कर जाएगी तो वो प्राकृतिक वृत्ति का पालन करते हुए छीन कर खाने के लिए मजबूर हो जाएगा। इसको समझने के लिए परमाणु भौतिकी ज्ञान की आवश्यकता नही है। केवल सामान्य ज्ञान पर्याप्त है। टेस्टोस्टेरोन नाम का हॉर्मोन, जो कि शारीरिक और मानसिक यौन प्रणाली के लिए उत्तरदायी होता है, उसका

स्राव पुरुष के शरीर में कई गुना ज्यादा होता है किसी महिला के शरीरी की तुलना में। इस कारण से जितने समय में एक सामान्य महिला को एक बार कामुक विचार आते हैं, उतनी देर में एक सामान्य पुरुष की मन में ठीक वैसे विचार ८-१० बार आ जाते हैं। पर समाज के कड़े नियम कानून और सही जानकारी न होने के कारण, अधिकांश पुरुष यौन दमन से गुज़र रहे होते हैं। कभी कभी इस कारण से उनको विभिन्न शारीरिक और मानसिक यातना से गुजरना पड़ता है और कभी कभी ये दमन विभिन्न रोगों का कारण बन जाता है। अब प्रश्न है कि किसी व्यक्ति की कामुकता को जानबूझ के जगाना उचित है? स्त्री के वक्र की झलक मात्र से कोई उत्तेजित हो तो अंग प्रदर्शन कहां तक उचित है? क्या माओं, बहनों, पत्नियों को ज्यादा संवेदनशील नही होना चाहिए बेटे, भाई या पति के प्राकृतिक ज़रूरतों की प्रति?

सुधा आदेश
लखनऊ

खो रहीं हैं बोलियाँ

अजीब सा कलरव
भागादौड़ी की कश्मकश
न जाने कैसी बेचेनियाँ...
खो रही हैं बोलियाँ
नहीं है अब गर्म जोशियाँ।
नन्हों के हाथों में मोबाइल
माँ-पिता व्यस्त कर्म चक्रव्यूह में
नहीं रहीं अब गोदियाँ...
खो रहीं हैं बोलियाँ
नहीं रहीं अब लोरियाँ।
एक ही कमरा, एक ही पलंग
चेटिंग में मस्त युगल
बढ़ रही है दूरियाँ
खो रही हैं बोलियाँ
नहीं रहीं अब गलबहियाँ।
समाज से कटे, भटके लोग
नैतिकता का भी भान नहीं
अजब-गज़ब मजबूरियाँ...
खो रही हैं बोलियाँ
बढ़ रहीं अब तन्हाइयां।

सोमा सिंह
ग़ाज़ियाबाद

आज का दिन बिंदु के लिए खास है और हो भी क्यूँ नही, पिछले दस वर्षों मे उसने दिन रात एक कर दिये थे अपनी रिसर्च को पूरा करने मे। और अब जब उसने मसकुलर डिसट्रोपी की वैक्सीन खोज ली है तो भारत ही नही विश्व भर के मरीजों की मसीहा बन गई है वह।

जैव प्रोद्योगिकी के क्षेत्र मे उसकी रिसर्च मील का पत्थर साबित हुई है। बिदुं की आँखो के आगे आज भी वो मंज़र तैरने लगा है जब वह और शंशाक पार्क मे अयान के साथ क्रिकेट खेल रहे थे। शशांक ने गेंद फेंकी, गेंद बिंदु के बैट से टकरा कर दायीं और चली गई। भागो अयान, गेंद पकडो, शशांक चिल्लाये। अरे ये क्या अयान तो भागा ही नही। मेरा चौका हो चुका था और शशांक की झल्लाहट बढ गई थी। पार्क से घर आते हुए भी शशांक अयान से नाराज रहे और बेचारा अयान सहम सा गया था। मेरे पैरों तले से ज़मीन खिसक गयी थी जब बैंगलोर व दिल्ली के बडे हस्पतालों मे अयान के इलाज होने के बावजूद अयान की स्थिति मे सुधार न हुआ। अपितु अब तो वह अपने पैरों पर खडा भी न हो पाता। तेरह बरस का अयान डयूचेन मस्कुलर डिसट्रोपी जैसी लाइलाज बीमारी की चपेट मे आ चुका था। अपने इकलौते बच्चे को अपनी नज़रों के सामने लाचार होते देखकर शशांक गुमसुम रहने लगे। माँ हूँ, मेरा दिल जानकर भी न मानता कि मेरे लाल के जीवन की डोर धीरे-धीरे हाथ से छूट रही थी।

तभी शशांक के एक सम्बन्धी से पता चला कि शरीर मे मस्कुलर डिस्ट्रोपी के विकास की प्रक्रिया को होम्योपैथिक इलाज द्वारा धीमा किया जा सकता है। फिर क्या था, दौड पडे हम अयान को लेकर, नोएडा के होम्योपैथिक केन्द्र।

आज अयान छब्बीस वर्ष का हो रहा है। उसने संगीत की दुनिया मे अपना नाम बना लिया है। और साथ ही मेरी डिस्ट्रोफिन प्रोटीन अणुओं को संश्लेषित करने की प्रक्रिया भी पेटेंट हो गयी।

बिंदु ख्यालों से निकल पाती इससे पहले ही मंच से उसका नाम पुकारा गया कि इस वर्ष का आण्विक जीवविज्ञान का नोबेल पुरस्कार जाता है भारतीय वैज्ञानिक डॉक्टर बिंदु तोमर को। तालियों की गडगडाहट के बीच मंच पर चढते हुए उसकी आँखों से आँसू बह रहे हैं और बिंदु निश्चिंत है कि अब किसी दूसरे अयान की दुनिया व्हील चेयर तक नही सिमट जाएगी।

मीरा जगनानी
अहमदाबाद

सास भी कभी बहू थी

सोचती थी मैं, पीहर में पराया धन हूँ मैं
और ससुराल में पराई जाई।
मैं इधर देखूं या ऊधर जाऊँ।
मेरा अपना कौन या कहूँ पराया कौन।
दिन बीते, रातें गुजरी।
फिर गुजर गयी पुरी एक मुद्दत।
भगवान ने सोचा, चल बतला ही दूं।
बिटिया कहां खड़ी है,
जमीन वो उसे दिखला ही दूं।
एक दिन,जिगर के टुकड़े की शादी हुई।
कलेज़े का टुकड़ा बन कर बहू घर आई।
बेटे को तो दुनिया मे कदम रखने के पहले
मैनें गोद मे उठाया था।

शरारतों पर अपने नन्हें की
हज़ारों बल्लईया भी ली थी।
अब जरा बहू का लाड तो लडाऊं।
दरवाजे पर खड़ी है बहू मेरी।
फूलों की डगर तो बिछाऊं।
जरा नज़र तो उतार लूं उसकी।
पलटी ही थी नज़र उतार कर।
बहू ने पास आकर बड़े दुख और दर्द से कहा,
यह घर तो आपका है।
बड़े जतन से आपने इसे बनाया है।
मेरा तो माँ का भी छूट गया और
यहां अपना कुछ है नहीं।
स्तब्ध थी मैं,
है ईश्वर, देरी से उत्तर दिया तूने,
पर दिया खरा-खरा।

दीपा पांडेय
लखनऊ

मरे बाप को भात

हमारे पड़ोसी सुबह सुबह अपनी पिता के वार्षिक श्राद्ध का निमत्रण देने आये। उनके जाने के बाद मैं सोच में पड़ गयी कि वे श्राद्ध में एक लाख रुपये से भी अधिक, खर्चा कर रहें हैं। बेस्ट केटरर, पंडितो को मुहंमागी दक्षिणा, रिश्तेदारों को भेंट और भी बहुत कुछ बता गये। "भाभी क्या सोच रही हो?" यह कामवाली बाई रमा थी। "कल श्राद्ध हैं बगल वाले अंकल का" मैंने उसे बताया।

"अरे भाभी, उनका नाम न लो, बड़ी गत बनी उनकी, निचली मंजिल पे अकेले पड़े रहते थे। बहु, बेटे, पोते ऊपर की मंजिल में रहते थे। बस खाना नीचे बच्चों के हाथ भेज देते थे। फिर कोई ताकने नहीं आता था कि खाया कि नहीं खाया। हम लोगन को सड़क से आते जाते देख, आवाज देकर चाय बनवा लेते थे। क्या करें भाभी दया लगती थी। कभी चाय बनाने जाओ, तब देखते थे कैसी गंदगी में पड़े रहते थे। कपड़े खुद ही धोते थे। उन्हें साफ़ दिखता ही नहीं था। लैट्रिन कपड़ों में लगी रह जाती थी। नर्क भोग रहें थे, चलो मुक्त हो गये।"

"पेंशन तो मिलती थी उनको?" "हाँ भाभी, तभी तो दरवाजे पे कुर्सी

डालकर, जो भी फेरी वाला निकलता, उससे कुछ भी खरीद कर खाते रहते थे। अब खाना तो वे लोग अपने समय के हिसाब से, नीचे भेजते थे। उनको भूख लग जाती होगी, तो क्या करे? ज्यादा चल फिर भी नहीं पाते थे वरना पहले तो पास की दूकान से ब्रेड ले आते थे”।

श्राद्ध का तामझाम उम्दा तरीके से निबट गया। औरते वही आगंन में कुर्सी डाले बतियाने लगी।

“क्या शानदार इंतजाम किया हैं। तुम्हारे ससुर की आत्मा प्रसन्न हो गयी होगी “रश्मि ने आइसक्रीम का कप, हाथों में थाम कर, गुंजन से कहा।

“हाँ हमने अपनी तरफ से कोई कसर नहीं छोड़ी। सारे क्रियाकर्म नियम से करें। आखिर अपनी संस्कृति को छोड़ कैसे सकते हैं?” गुंजन इतराई।

और मैं फिर सोच में पड़ गयी कि ये कौन सी संस्कृति हैं जो इसे यह सिखा गयी कि “जिन्दा बाप को लात और मरे बाप को भात”। आज भी अपने आस पास ऐसे परिवार मौजूद हैं जहाँ बड़े बूढों की कोई कद्र नहीं हैं। अपने ही खून पसीने से बनाये मकान में वे आश्रित होकर रह गये हैं।

विजय लक्ष्मी राय 'विजय'
दिल्ली

बेकरारी

ना दिन कटता है ना रात जाती गुजारी है,
ये अजब बे-करारी है ये गजब बे-करारी है,
वो रोज-रोज तकने खिडकी पे आता है मुझको,
मुझको चांद की तो लगी उसको लत हमारी है,
लाजिम तो था उसका जिंदगी मे शामिल होना,
दिल टहलता हरपल यादों में ये कैसी खुमारी है,
तकाज़ा मौसम का था, औ बदला आशियाना,
परिंदों की भी देखो दरख्त दरख्त से कैसी यारी है,
ना असल वफा दिखे ना दिखे असल जफा कहीं,
देखते देखते हुई जुबां बसर की जैसे खंजर दुधारी है,
ये दस्तूर कैसा दुनिया का महफूज घर मे ना बाहर,
जाए तो जाए किधर देखो हर तरफ बैठा शिकारी है,
ले मजहबी आड़ हुआ है दुश्मन आदमी आदमी का,
रही रिश्तों की अहमियत कहां हर तरफ अय्यारी है,
आलम-ए-दरिंदगी मे हया नजरों की जाती रही,
औ बैठी दिल मे दहशत कि कब किसकी पारी है,
"विजय" इधर अधूरा सफर रहा इंसान मे इंसानियत का,
औ उधर चांद पे आशियाना बनाने की देखो तैयारी है।

रेणु गुप्ता
जयपुर

हृदय परिवर्तन

उन दिनों रमनजी के वयोवृद्ध पिता उनसे तनिक रुष्ट चल रहे थे। अपनी दक़ियानूसी सोच, जिद्दी और मनमाने स्वाभाव के चलते उन्होने रट लगा रखी थी कि रमनजी की इकलौती बेटी पुरवा की पढ़ाई खत्म होते ही उसका विवाह कर दिया जाय। शीतल, मंद ताजी बयार के झोंके सी शोख, चंचल, बेहद मेधावी पुरवा माता, पिता और दादू की लाड़ली थी। इंजीनियरिंग के अंतिम वर्ष में अध्ययनरत थी। उच्च शिक्षा प्राप्त कर एक ऊंचे मुकाम पर पंहुच सार्थक और उद्देश्यपूर्ण जीवन जीने की दिली तमन्ना थी उसकी।

इंजीनियरिंग खत्म कर किसी प्रतिष्ठित संस्थान से एम.बी.ए करना चाहती थी। लेकिन उसके सपनों की राह में दीवार बन कर खड़े हो गए थे उसके अपने दादू। अपनी मध्यम वर्गीय, पुरातनपंथी मानसिकता के चलते चाहते थे कि पुरवा कि इंजीनियरिंग खत्म होते ही जल्दी से जल्दी, उसके हाथ पीले कर दें। इधर कुछ दिनों से उन्होनें रट लगा दी थी, “मेरी आँखें मुंदनें से पहले पुरवा की शादी रचा दो” उधर पुरवा ने इस मुद्दे पर पिता को बड़ी संजीदगी से दो टूक कह दिया था, “मैं अभी हरगिज विवाह नहीं करूंगी। मुझे हर हाल में एम.बी.ए करना है”। एक ओर बेटी की जिद, दूसरी ओर पिता के अरमान, रमनजी बेहद धर्म संकट में थे। बेटी की आँखों में पल

रहे सपनों की भ्रुण हत्या की हिम्मत नहीं थी उनमें। दूसरी ओर वृद्ध जनक की खुलेआम अवमानना करने का साहस नहीं था उनमें। लेकिन कुछ था जो उन्हें इस बार सदैव की तरह पिता की बात मानने से विमुख कर रहा था। पिता ने एक बार पहले भी अपनी इकलौती बेटी, पुरवा की बूआ की पढ़ाई उसकी मर्जी के विरुद्ध रोक कर कम उम्र में उसका विवाह कर दिया था। लेकिन काल के क्रूर आघात से वह बीस वर्ष की अल्पायु में ही विधवा हो गई थी। और समुचित शिक्षा के अभाव में किसी तरह लोगों के कपड़े सिल कर घोर संघर्ष में गुजर बसर कर रही थी। रमनजी एक बार फिर इस कहानी की पुनरावृति के प्रति घोर आशंकित थे। बेटी को जीवन के मुक्ताकाश में स्वतंत्र उतारने से पहले उसे भविष्य की ऊँघी उड़ान के लिए उच्चा शिक्षा के सबल पंखों की सौगात देना चाहते थे। और बहुत सोच विचार कर वृद्ध पिता के सम्मुख वे बोले, "पुरवा अभी दो वर्ष और आगे पढ़ना चाहती है, मैं उसे दो वर्षों के लिए एम.बी.ए करने के लिए हैदराबाद भेजना चाहता हूँ"।

रमनजी भयभीत थे, कहीं पिता अवश क्रोध से फट न पड़ें। लेकिन आशा के विपरीत बेटे का फरमान सुनकर मन ही मन उन्होनें अबूझ राहत की सांस ली थी। पुरवा और उनकी बदहाल अल्पशिक्षित बूआ की शक्लें गडमगड हो आई थीं उनकी आँखों के सामने। कि तभी पुरवा ने आकर बेहद लड़ियाते हुए उनसेपूछा था, "दादू, मुझसे नाराज तो नहीं हो न"? पोती का दृढ़ संकल्प और आत्मविश्वास से भरा खिला हुआ चेहरा देख कर दादू का झुर्रीदार पोपला चेहरा अवर्चनीय खुशी और सुकून से उद्भासित हो उठा था, और उन्होने मुदित मन जवाब दिया था, "नहीं मेरी लाड़ो, बिलकुल नहीं। सब अवाक थे, इस हृदय परिवर्तन पर।

सुनीता माहेश्वरी
नाशिक

सनाई छंद (गीत)

निज सपनों के तुम पंख धरो, जग में उड़ान तुम भर लोगी।
दृढ़ निश्चय कर लो मन में सखि, तुम जीत सदा ही वर लोगी।
जीवन की आपाधापी में, मत त्यागो तुम निज सपनों को।
जिम्मेदारी पूरी कर लो, तुम प्रेम करो सब अपनों को।
पर वक्त सदा खुद को भी दो, रस जीवन में तुम भर लोगी।
निज सपनों के तुम पंख धरो, जग में उड़ान तुम भर लोगी।
तुम जीत हार की मत सोचो, कर्मों में जीत समाती है।
बस हिम्मत से तुम कदम धरो, हर हार यही सिखलाती है।
कर्मठ सी तुम बस बढ़ी चलो, नित यश अर्जित तुम कर लोगी।
निज सपनों के तुम पंख धरो, जग में उड़ान तुम भर लोगी।
तुम दुर्गा हो, तुम काली हो, मन में ज्वाला तुम भर लाओ।
कोई हैवान छुए तुमको, बाघिन सी उसे फाड़ खाओ।
निर्भय हो कर जब जीओगी, अपनी रक्षा तुम कर लोगी।

दीक्षा शर्मा

लखनऊ

सुनो! तुम उड़ जाओ

सुनो! तुम उड़ जाओ
आसमाँ को छू जाओ।
न रहो तुम पिंजरे में
अपनी राह चली जाओ।
जा रही हो अकेली
डर तो न जाओगी?
इतने बड़े आसमाँ में
भटक तो न जाओगी?
सुनो! तुम उड़ जाओ
इतना मत घबराओ।
छू लोगी आसमाँ को
बस थोड़ा सा हौसला दिखाओ।
माना डगर है मुश्किल
पर तुम डरना नहीं।
कठिन परिस्थितियों में भी
रहना तुम सही।
सुनो! तुम उड़ जाओ
आसमाँ को छू जाओ।
फैला दो अपने पंखों को
अपनी मंजिल तक पहुँच जाओ।
हाँ तुम उड़ जाओ।

स्वाति रॉय

कोलकता

सम्मान नहीं सामान बेचती हूँ।

चिलचिलाती धूप और लू के थपेड़े ऐसे लग रहे थे जैसे खौलता हुआ तेल उड़ेल रहा है कोई। परिंदे भी पत्तों के झुरमुट में खुद को छुपाए बैठे थे। सड़कें इतनी सुनसान और खामोश जैसे अभी अभी किसी का मातम मना कर चुकी हों.... इस तपती दोपहर में जब सब अपने घरों में किवाड़ लगाए बैठे हैं थे वहीं वो एक कंधे पर लदे भारी से थैले को सम्भालती दूसरे हाथ से अपने दुपट्टे से माथे को ढक बरसते अंगारों से बचने की नाकाम कोशिश करते हुए चली जा रही थी.....चली क्या जा रही थी यूं कहें खुद को घसीट रही थी। माथे से टपकती पसीने की बूंदों और सूखे फ़टे होठों से उसकी मजबूरी और लाचारी साफ झलक रही थी.... किसी तरह सड़क के किनारे वाली गली के पास पहुंच अपने कंधे से थैला उतार उस बड़ी सी बिल्डिंग की छांव में बैठ थोड़ा सुस्ता फिर उठ खड़ी हुई और चल पड़ी अपनी मंजिल की ओर...।

बस थोड़ा सा और चल ले कमला फिर आज तो तेरा सारा सामान बिक जाएगा और आज बच्चों को आधा पेट नही सोना पड़ेगा.... अरे आधा पेट क्यों आज तो उनके पसन्द के राजमा चावल बना कर खिलाऊंगी, ऐसा करूंगी जाते हुए दोनों के लिए रसगुल्ले ले जाऊंगी.... कितने पसन्द

है दोनों को.... बच्चों का हँसता चेहरा आंखों के सामने आते ही उसके कदमों ने रफ्तार पकड़ ली।

अपनी मंजिल के सामने खड़ी थी .....एक गहरी सांस ले अपने दुपट्टे से पसीना पोछ दरवाज़े में लगी कड़ियों को खड़काया। तकरीबन पाँच मिनट बाद दरवाजा खुलते ही साहब को खड़ा देख एक बार को ठिठक गई.... "दीदी है क्या घर पर साहब, दरअसल दो दिन पहले दीदी ने खबर भिजवाई थी कि अचार, पापड़, मंगौड़ी और मसाले खत्म होने को है तो मैं जितनी जल्दी हो सामान लेकर आ जाऊं" कहते हुए उसने बैठक में कदम रखा... .."क्या-क्या सामान लायी है कमला मुझे भी दिखा जरा, ऊपर से नीचे तक कमला को नजरों से तोलते हुए साहब ने कहा".....थैला नीचे रख कमला ने दुपट्टा ठीक करते हुए सामान निकालना शुरू ही किया था कि उसको अपने कंधे पर कुछ ठंडा सा स्पर्श महसूस हुआ.... खतरे की आशंका को भांपते ही उसके हाथ पैर ठंडे पड़ गए लेकिन तभी घर पर इंतजार कर रहे दोनों बच्चों का चेहरा आंखों के सामने आते ही कमला उठ खड़ी हुई और ....एक झन्नाटेदार आवाज हवा में गूंज उठी... कमला ने थैला उठाया और निकल पड़ी उस बड़े फाटक से बाहर... उसके कदम पहले से तेज और अडिग थे और माथे पर सम्मान की बूंदे चमक रही थी।

प्रीति अरुण त्रिपाठी
प्रयागराज

समुद्र की फौज्जन

समुद्र की फौज्जन
ऊपर अंबर नीचे समुंदर
दोनों में सामंजस्य बिठाती हूँ,
रहती हूँ बेफ़िक्र हवाओं से
ऐसे ही अपना कर्तव्य निभाती हूँ....
श्वेत रंग की शांत धरा से
समुद्र को मैं नापती हूँ,
ज़मी और आसमाँ में विजय पा
अब जल में भी अपना सामर्थ्य दिखाती हूँ....
भूमि के बेख़ौफ़ दुश्मनों को
अच्छे से सबक सिखाती हूँ,
अब इस समुद्र के लुटेरों को भी
समुद्र में ही मार गिराती हूँ....
नारी शक्ति का प्रतिक बन
एक फौज्जन मैं कहलाती हूँ,
जल तरंगिनी की पहचान बना
विश्वपटल पे जानी जाती हूँ।

विद्या शर्मा
मंडी, (हि.प्र.)

पीड़ा (कविता)

फिर हो गयी एक बेटी हैवानियत की शिकार।
फिर मचा हंगामा फिर, सजी शोक सभाएं।।
फिर सबने अपने-अपने क्रोध को शब्दों में पिरोया।
फिर सबने प्रशासन व्यवस्था व नेताओं को फटकारा।।
लेकिन कितने दिन तक और ये सब होगा।
आज इंसाफ की दुहाई देने वाला कल को मौन होगा।।
साल दर साल तारीखें पड़ती जाएगी।
हवस के दरिंदों की यूँ ही दरिंदगी बढ़ती जाएगी।।
आज तक मिला क्या अब इंसाफ मिल पाएगा।
कहाँ जाए नारी कोई तो बताये......?
कौनसी है ऐसी जगह जहां वो अपना नगर बसाए।
जहां कोई बहशी दरिंदा, नर-पिशाच उसके दूध में लहू न मिलाये।।

डॉ. प्रियंका वैष्णव

"नारी"

कोमल है कमज़ोर नही
तेरी शक्ति का कोई मोल नहीं
माँ बन के जीवन देनी वाली
क़िस्मत को भी मात दिलाया है
हर युग में तेरी शक्ति की
परीक्षा जग लेते आया है
सतियों के नाम पे हर दम
नारी को ही जलाया है
सीता के रूप में दी अग्नि परीक्षा
कभी राधा बन के विलाप सहा
मीरा बन के ज़हर पिया कभी
अहिल्या बन के शाप मिला
जब बच्चों पर कोई आन आई
तब चण्डी रूप विशाल धरा
हर जगह ही तू प्रथम आई
हर क्षेत्र में तेरा नाम चला
जिस देश को पूजे है ये जग
वो भारत माँ भी नारी है
नारी शक्ति का वो सृजन है
जिसने कोख से सृष्टि सजाई है...

सुधा थपलियाल

देहरादून

सार्थकता महिला दिवस की

पूरे विश्व में महिलाओं के योगदान एवं उपलब्धियों की ओर लोगों का ध्यान केंद्रित करने एवं नारी को एक सम्मानित स्थान दिलाने के उद्देश्य से प्रत्येक वर्ष ८ मार्च को महिला दिवस मनाया जाता है। पश्चिम देशों से महिलाओं द्वारा समान अधिकार की माँग से शुरू हुआ इस आंदोलन ने धीरे-धीरे सभी देशों की महिलाओं को जागरुक किया। महिला दिवस अब लगभग सभी विकसित और विकासशील देशों में मनाया जाता है। यह दिन महिलाओं को उनकी क्षमता, सामाजिक, राजनैतिक व आर्थिक प्रगति दिलाने एवं उन महिलाओं का स्मरण किया जाता है जिन्होंने महिलाओं के अधिकारों के लिए अथक प्रयास किये।

हमारे देश की महिलाओं का समाज के उत्थान के लिए महत्वपूर्ण योगदान रहा है। रानी लक्ष्मी बाई, अहियाबाई होलकर जैसी वीरांगनायें। स्वतंत्रता आंदोलन में कस्तूबा गाँधी, स्वर कोकिला सरोजिनी नाइडू, विजया लक्ष्मी पंड़ित, सुचेता पलानी आदि बहुत सी महिलायों ने अपना योगदान दिया। लोह महिला के रूप में जाने वाली, हमारे देश की प्रधानमंत्री इंदिरा गांधी ने अपने दृढ़-संकल्प के बल पर भारत व विश्व राजनीति को प्रभावित किया।

रसायनशास्त्री असीमा चटर्जी का मिर्जिलेट-रोधी तथा मलेरिया-रोधी औषधियों के विकास में उल्लेखनीय कार्य रहा।

टेसी थॉमस भारत की एक प्रक्षेपास्त्र वैज्ञानिक रही। विज्ञान, राजनीति, कला, वाणिज्य, सेना, पुलिस व खेल सभी क्षेत्रों में हमारे देश की नारी अग्रणी रही ओर आज भी प्रत्येक क्षेत्र में नारी शक्ति के रूप में हमारे देश को गौरवान्वित कर रही है। पी.टी. ऊषा, सानिया मिर्जा, साइना नेहवाल, पी वी सिंधु, मैरी कौम, हिमा दास ने खेल जगत में विश्व में अनेक कीर्तिमान स्थापित किये।

एक गौरवशाली इतिहास होने के बावजूद, आजादी के ७२ साल बाद भी भारत में महिलाओं की स्थिति संतोषजनक नहीं है। जहाँ समाज ने पुरुषों को सारे अधिकार स्वतरू ही उन्हें दिये, वहीं महिलाओं को अपने अधिकारों के लिए संघर्ष करना पड़ता है। आज महिलायें सभी महत्वपूर्ण पदों पर आसीन। लेकिन इस प्रगति के साथ देश में दिन-प्रतिदिन महिलाओं के प्रति अपराधों की संख्या चौंकाती नहीं वरन डराती है। उन्हें आज भी घरेलू हिंसा, दहेज, अशिक्षा, कुपोषण, सामाजिक असुरक्षा तथा उपेक्षा का शिकार होना पड़ता है।

महिला दिवस का सही अर्थ में मनाना तभी सार्थक माना जायेगा, जब हमारे देश में नारी को सम्मान, पूर्ण सुरक्षा व अधिकार मिले। सरकार महिलाओं के अधिकारों के प्रति सचेत है, उनकी सभी योजनायें, चाहे वो पैत्रिक सम्पत्ति में अधिकार की बात हो, शिक्षा हो या फिर स्वास्थ्य की, स्त्री को एक सम्मानजनक जीवन जीने के लिए प्रेरित करती है। लेकिन सामाजिक ढाँचा भी अभी स्त्रियों के पक्ष में नहीं है। जब तक समाज के प्रत्येक वर्ग में महिलाओं की पुरुषों के बराबर भागीदारी सुनिश्चित नहीं हो जाती, वे हर प्रकार से शिक्षित, सुरक्षित तथा संरक्षित नहीं हो जाती, तब तक महिला दिवस की प्रासंगिकता अधूरी मानी जायेगी।

महिला दिवस को नारे बाजी, भाषणों के दायरे से निकलकर, बिना महिमामंडित किये ठोस धरातल पर कार्य करने की आवश्यकता है। महिलाओं के प्रति विचार, आचारण एवं शब्दों में अंतर नहीं होना चाहिए। महिलाओं ने जिस समान अधिकार की माँग करते हुये, इस दिवस की विश्व-पटल में एक पहचान बनाई, विश्व की सभी महिलाओं को वही समान अधिकार मिले, जिससे वे एक सम्मान जनक जीवन जी सके।

बबीता कंसल

भोपाल

अनदेखी

विश्व पुस्तक मेले मे नन्द पब्लिकेशन का बड़ा सा बोर्ड लगा था। स्टाल पर अनेक पुस्तक रखी हुई थी। उस के सामने बहुत बड़े बड़े लेखकों की भीड़ जमा थी।

नन्द पब्लिकेशन की पब्लिश की पुस्तक अनन्या जैसे ही छप कर आयी हाथों हाथ बिक जाती थी। सभी आये लेखक उस पर अपनी समीक्षा कर रहे थे।

“इस पुस्तक के बारे में जितना कहां जाये कम है ।लेखक पाठक को अन्त तक बांधे रखता है ....”।

एक लेखक ने कहा- “हां इस की भाषा, शैली इतनी अच्छी और सरल है कि बस पढते रहने को ही मन करता है”। दुसरे लेखक ने उस की हामे हा मिलायी। हर कोई उस के बारे मे बताना चाहता था, मिडिया के लोग कवरेज ले रहे थे। भीड़ बढती जा रही थी। एक सज्जन पुरुष बार-बार भीड़ मे आगे आने की कोशिश कर रहा था। भीड़ उसे पीछे धकेल देती थी। उस ने फिर आगे आने की कोशिश की, मीडीया के एक व्यक्ती ने उसे धमकाते हुए कहा “बार-बार आप मना करने पर भी आगे खाने की कोशिश कर रहे है”! आखिर आपकी परेशानी क्या है....”? “आप कौन है”? “जी मै इस पुस्तक अनन्या का लेखक हूँ............”। सज्जन पुरूष ने सहज भाव से कहा।

अनुपमा सोलंकी

रंग बिरंगी

श्याम जी की अर्थी उठते ही आर्त स्वर में रोती मणि पागलों की तरह पीछे भागी कहाँ ले जा रहे हो उन्हें! मै नहीं ले जाने दूंगी रुको, मै भी साथ चलूँगी! उपस्थित महिलाओं ने मणि को थाम लिया, चाहकरभी वह उनसे स्वयं को छुड़ा न सकी।

राम नाम सत्य है कि आवाज सुनाई दे रही थी। सत्ताईस वर्षों का वैवाहिक जीवन वो बेहिसाब बेमिसाल प्यार, पल भर में सब टूट गया!

यकीन नहीं कर पा रही थी यूँ अचानक श्याम चले गये उसे अकेला छोड़कर। घर के एकदम नज़दीक टूटी-फूटी सड़क के उसी भाग में जहाँ बड़ा गड्ढा था एक ऑटो वाले ने श्याम के स्कूटर को टक्कर मार दी, सर टूटी सड़क पर टकराया और खून का फव्वारा छूट पड़ा। तमाशबीन भीड़ चारों ओर दर्शक बन उन्हें मरते देखती रही, किसी ने अस्पताल ले जाने की आवश्यकता नहीं समझी।

पुलिस को किसी ने खबर कर दी थी परन्तु पुलिस आई तब तक कुछ शेष बचा नहीं था उसके पश्चात पोस्टमार्टम की लंबी प्रक्रिया। मणि को पता चला तबसे यही हाल है,बार-बार अचेत हो जा जाती है।

श्याम के जाने के बाद अब वह शून्य में निहार रही है पानी की एकाध घूंट भी नहीं पिया गया। बहू और बेटी भी अचानक आई विपदा से बुरी तरह टूट गई हैं!!! माँ को सम्हाल नहीं पा रहीं। महिलाओं ने

आपस में बात की चूड़ी तोड़ने की रसम करनी होगी। दो तीन औरतें आगे आईं, मणि शून्य में निहार रही थी, हरी लाल चूड़ियाँ उन महिलाओं ने एक-एक कर तोड़नी आरंभ कर दी।

मणि को याद आया माँ ने कहा था बिटिया ये काँच की रंग-बिरंगी चूडियाँ हैं सुहाग की निशानी हैं इन्हें स्वयं से कभी अलग न करना, हमेशा भर-भर हाथ सुहाग पहनना बिंदी लगाते बोली बिंदिया, काजल, माँग में सिंदूर, पायल, बिछुए हमेशा पहनना हमेशा गहरे रंग की साड़ी पहनना। पति तो उसके चूड़ी भरे सुंदर गोरे हाथों को हर समय अपने हाथों में ले कहते रहते कितनी सुंदर हो तुम मणि और तुम्हारे ये गोरे-गोरे हाथ इनसे बनाया भोजन, मेरे इस्त्री किये कपड़े, मेरे सर की मालिश और साथ में तुम्हारी चूडियों की मादक खनक-कसम से तुमसी पत्नी दुनिया में दूसरी कोई हो ही नहीं सकती नाज-नखरे उठाते थकते नहीं थे एक से एक रंग-बिरंगी मंहगी-मंहगी साड़ियाँ लेकर आते, मैचिंग चूड़ियाँ-बंदी लेकर आते कहते बहुत भाग्यवान हूँ में! कभी नहीं छोड़ूंगा तुम्हारा साथ। श्याम की पसंद की रंग बिरंगी चूड़ियाँ एक-एक कर तोड़ दी गईं वह निर्विकार अपने खाली भद्र्दे हाथों को देख रहीं थीं।

मणि चलो आज तुम्हें में अपने हाथों से नहलाऊंगा।

नहीं.. नहीं.. कैसी बात करते हैं बड़े बेशरम हैं आप।

तुम तो हर रविवार मेरी पीठ रगड़कर मुझे नहलाती हो तब मै कैसे बेशरम हुआ। धत् आप की बात और है मै नहीं नहाने वाली!! वह शरमा कर बोली थी।

अच्छा चलो तुम साड़ी पहने ही बैठ जाओ मै दूर से ही पानी डाल दूंगा पर तुम्हें मेरी बात माननी ही होगी !! अधखुली आंखों से वह श्याम का मुस्कुराता चेहरा देख रहीं थीं -वह पुकार रहे थे.. आ जाओ मणि मैं तुम्हारा इंतजार कर रहा हूँ बेताबी से। मणि ने श्याम की ओर हाथ बढ़ाया और चल पड़ी उनके साथ। महिलाओं की चीख निकल गई जब मणि का बेजान शरीर पटरे पर से लुढ़क गया। चेहरे पर मुस्कान थी। उसी दिन श्याम की बगल में मणि की चिता भी सजी! बहुत सोच-विचार कर सभी ने एकमत से मणि को सुहागन की तरह सजाकर अंतिम बिदाई दी।

मीना सोनी

अजमेर

नारी

मैं उत्तम रचना हूँ सृष्टि की,
आईना हूँ मैं भावों का।
मैं मनभावन मूरत हूँ दृष्टि की,
मरहम हूँ मैं घावों का।

मैं हूँ जान्हवी जग की,
जन के पापों को पीती।
मैं हूँ जानकी राम की,

अग्निपरीक्षा देकर जीती।
मैं हूँ शबरी राम की,
भक्ति की शक्ति दिखाती।
मैं हूँ मीरा श्याम की,

प्रीत की भक्ति सिखाती।
मैं हूँ रानी झांसी की,
शौर्य गाथा दुनिया गाती।
मैं हूँ विद्या गार्गी की,
जग को शिक्षा दे जाती।

मैं हूँ गीता ज्ञान की,
आत्मज्ञान मैं कराती।
मैं हूँ सीता राम की,
मर्यादा पाठ में पढ़ाती।

वर्षा शर्मा

दिल्ली

मायका

मायके के प्यार पर, ये सारी नारी वारी है।
कुछ दिन को जाती है, साल भर का प्यार लाती है।
उसी प्यार से खुद को, ऊर्जावान बनाती है।
ससुराल के छप्पन भोग भी, माँ की रोटी पर बलिहारी हैं।
मायके के प्यार पर, ये सारी नारी वारी हैं।
मायके में जाती है तो खुद बच्ची बन जाती हैं।
छोटी-छोटी यादों को डिब्बों में भर लाती है।
वापस आते आंसुओं से भीगी इनकी साड़ी है।
मायके के प्यार पर, ये सारी नारी वारी है।
माँ ओ भाभी कहती, सब सामान बांध लो
पापा कहते कुछ भूल ना जाना बेटा।
सब सामान समेटती हूँ, बस छूटती यादों की गठरी है।
मायके के प्यार पर,ये सारी नारी वारी है।
मायके को कभी गाली पड़े, तो तन बदन जल जाते हैं।
बड़े लोग सही कहते हैं, मायके की तो लकड़ी भी प्यारी है।
मायके के प्यार पर, यह सारी नारी वारी है

माला वर्मा
वेस्ट बंगाल

थोड़ी सी हँसी (लघुकथा)

जाने हमारी प्यारी बहू को क्या हो गया है। इस बार नईहर से लौटी है तो चेहरे की हँसी गायब हो गई है। गुमसुम अपने में कैद। जो पूछा जाता है बस उसी का जवाब देती है। क्या नईहर से लौटने के बाद ससुराल की देहरी अच्छी नहीं लग रही? जो आजादी उसे वहां मिलती होगी, यहां भी सब कुछ वैसा ही है। किसी तरह का कोई बंधन नहीं। जो मर्जी खाओ, जो मर्जी पीओ, सोओ, आराम करो, घूमो फिरो कोई रोक टोक नहीं,,, और शासन भी किस लिए। हमने उसे बहू माना ही कब है, वो तो हमारी बेटी है।

बहू को देख सास चिंतित है,,,, जब उन्होंने अपने पति से बताया कि बहू थोड़ा खिन्न, थोड़ी चुपचाप सी हो गई है तो ससुर जी कह उठे "मैं भी गौर कर रहा हूँ, बहू इतना चुपचाप तो रहती नहीं। कुछ न कुछ बातचीत, प्रश्न प्रति प्रश्न होते ही है। अच्छा ठहरो,, मैं बहू से डायरेक्ट पूछता हूँ, कोई मानसिक तनाव, कोई शारीरिक तकलीफ या फिर अन्य कारण तो नहीं,,?

पूछा पाछी होता उसके पहले ही बहू के नईहर से फ़ोन आ गया। बहू की माँ पूछ रही थी "इस बार होली के उपलक्ष्य में बेटी दामाद व आप सबके लिए कपड़े लत्ते, मर मिठाई आदि किसी के हाथों न भिजवा कर कुरियर से भेज रहे हैं, चीज़ समान जैसे मिले कृपया फोन से जरूर खबर कर देंगे ताकि तसल्ली हो।"

इधर से ससुर जी का जवाब था "हमें होली में कुछ भी नहीं चाहिए। अगर भिजवाना ही है तो थोड़ी सी हँसी भिजवा देती अपनी बेटी के लिए जो उसके चेहरे से गायब हो गई है,,,"

आभा दवे
मुम्बई

प्यार

कितना अनोखा होता है प्यार
माँ के आँचल में सोता है प्यार
माँ की थपकी से दुलार पाता
और धीरे -धीरे बड़ा होता है प्यार
कई रुपों में ढलकर और निखर कर
अंगड़ाई लेता है प्यार
मेहबूब की मेंहदी में रचकर
जीवन में उतरता है प्यार
सुख -दुख की डगर पर गिरता
और उठ कर संभलता है प्यार
कभी दूर तो कभी पास नज़र आता है प्यार
और देखो तो प्यार की महिमा अंत में
सिर्फ ईश्वर में ही नज़र आता है प्यार
उसकी विराटता का अनुभव कराता है प्यार
जग की मोह -माया छोड़
बस ईश्वर में ही समा जाता है प्यार
माँ के आँचल सा उसमें ही मुस्कुराता है प्यार।

दीपिका मावर
मंदसौर (म. प्र.)

कविता

हमारे देश की नारी हमारा मान है
आज प्रण लो देना उन्हें सम्मान है
भारत की पहली महिला प्रधानमंत्री थी इंदिरा गांधी
अपने प्रयासो से भारत देश में ला दी थी आँधी
अपने हुनर पर जिसे था पूरा भरोसा
वो थी उड़न परी भारत की पी.टी. उषा
अंग्रेजी सेना को हराया झाँसी मे जिसने ऐसी थी वो मर्दानी
खुब लड़ी अंग्रेजों से वो थी झाँसी की रानी
सुरों की कोकिला है जो गाया था ऐ मेरे वतन के लोगों गाना
बनाया था लता मंगेशकर ने अपने सूरों से हम सबको दिवाना
मुगलेआजम में अनारकली का किरदार
बखूबी से निभा डाला
बड़ी बेहतरीन अदाकारा थी मधुबाला
"नारी शक्ति है, नारी भक्ति है
वो जो ठान ले वो सब कर सकती है।"
दिल से निकलती है लब़ो से उसके दुआ,
दुनिया में ऐसी होती है हमारी प्यारी माँ।
नारी के माँ-बहन-पत्नी-बेटी ये चार रूप है
निभाती है बड़े प्यार से रिश्ते चाहे छाया या धूप है।

मेघना रॉय (शोधार्थी)
वाराणसी

आग्रह और मनुहार

युग युग तक अपनी पीड़ा मे,
मेरा जीवन पलने देना।
तुम वृक्ष सघन, मैं लतिका हूँ,
तुम करुणामय, तो मैं करुणा,
तुम नव रवि, मै ऊषा अरुणा।
जीवन! जीवन की ये सुन्दरता,
ये सत्य कथन चलने देना।
युग युग तक अपनी पीड़ा मे,
मेरा जीवन पलने देना।
हे देव! पुजारिन हूँ मैं तेरी,
तुम स्वामी, मैं तव हूँ दासी।
घनश्याम! तुम्हारे दर्शन की,
मैं जन्म जन्म की हूँ प्यासी।
तप रहा है प्रेम, विरहानल मे,
इसको कुन्दन बन तपने देना।
युग युग तक अपनी पीड़ा मे,
मेरा जीवन पलने देना।

अंजू सिंह
गोरखपुर

सच कहूँ तो मुझे प्यार जताना नही आता

सच कहूँ तो मुझे प्यार जताना नही आता
मैं चाहती हूँ मेरे चाय के प्याले को मेरा प्यार समझो
मेरे धुले कपड़े को ही मेरा दुलार समझो
जब भी भागी भागी पीछे गेट तक छोड़ने आऊं
उसे ही तुम मेरा सारा मनुहार समझो
इन बहानों के अलावा मुझे बताना नही आता
सच कहूँ तो मुझे प्यार जताना नही आता
जब भी देर तक कोई बात नही हो पाती
जब भी दूर होते हो तो नींद भी नही आती
तेरे आगे पीछे ही घूमती है दुनिया मेरी
एक मुस्कराहट से रौशन है ये दुनिया मेरी
दर्द तेरे सिवा किसी को बताना नही आता
सच कहूँ तो मुझें प्यार जताना नही आता
मेरी आँखों मे मेरा प्यार तो पढ़ना सीखो
दो घड़ी मेरी कोई बात भी सुनना सीखो
जब भी मैं चाहूँ तो रख लूँ सिर कांधे पर
मुझे भी दो कदम साथ लिए चलना सीखो
उम्र भर खुद से ही बतियाना नही आता
सच कहूँ तो मुझे प्यार जताना नही आता।

डॉ नीरज अग्रवाल "नन्दिनी"
बिलासपुर

शंखनाद

भारत माँ के उर ललाट में, अपनी शौर्य कहानी थी।
समर भूमि के शंखनाद में,
तेरी मेरी कहानी थी।
शिखर लांघ दिया बाछेंद्री ने,
और दिव्यांग अरुणिमा ने,
भेद दिया अंतरिक्ष का दामन,
हिदुस्तानी कल्पना ने।
एवरेस्ट से अंतरिक्ष तक, महिला हिदुस्तानी थी।
समर भूमि के शंखनाद में.....तेरी मेरी कहानी थी।
बाज बहादुर हुआ पराजित,
दुर्गावती ललकार उठी।
धूल चटा दी अंग्रेजो को, मनु की जब तलवार उठी।
रणचंडी बन रन भूमि में, गरजी झांसी की रानी थी।

समर भूमि के शंख नाद में...तेरी मेरी कहानी थी।
अपने लाल को खोया जिसने,
माँ का फर्ज निभाने को।
राज धर्म की लाज बचाई, कुल का दीप जलाने को।
वचन निभाया लाल गवां कर, वो पन्ना बलिदानी थी।
महादेवी सी बनी लेखिका,
लता सा कोकिल गान किया।
बनी धविका खेलकूद में, देश का अपने नाम किया।
आन पड़ी जब जब भी विपदा,
गढ़ती नई कहानी थी..!
समर भूमि के शंखनाद में....तेरी मेरी कहानी थी।
पनघट से घूँघट तक रहकर, मजदूरी शिक्षिका भी बनकर,
हारी न मानी संघर्षों से, तोड़ रही है पथ पर पत्थर।
जौहर भी दिखलाया जिसने, वो पद्मावती रानी थी।
समर भूमि के शंखनाद में तेरी मेरी कहानी थी।

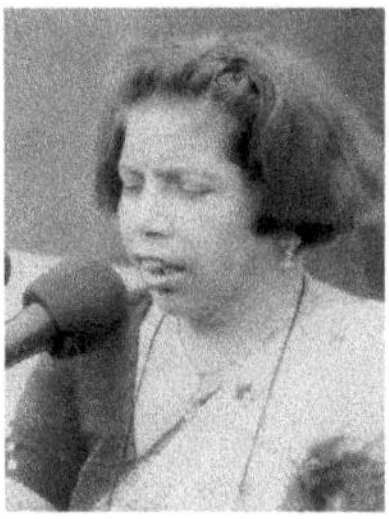

डॉ. विभा रजंन (कनक)
रांची

वो ड्योढ़ी

आज भी जी,
मेरा भर आता है,
याद आता है, जब वो पल,
एक सैलाब सा उठता है!
अंर्तमन के कोने में,
स्मृति जगाती पल-पल,
पार कर आई थी मैं!
अपने मैके की ड्योढी!

याद है मुझको अभी तक,
मेरे घर का हर एक कोना!
मीठी मुस्कुराती यादें,
वो, अल्हड मासूम बालपन,

वो, नटखट, अटखेलियाँ,
थोडी सी जिद्दी, खूब बातें करना,
सयानी हुई तब, किताबों में खोयी,

याद नहीं, कब छुटा बचपन!
समय आ गया जब,
बनना था दुल्हन!
कैसे भूले मन वो मेरा,
पीहर का प्यारा जमाना,
छोटी सी बातों पर रुठ जाना,
मचलना, हर बात मनवाना,
रुठ गई हमसे,

राह तकती वो, दो जोडी आँखें,
फिर भी न जाने क्यों?
आज भी ड्योढ़ी लाँघते,
भर आती हैं, मेरी आँखें,
आज भी, जी भर आता है!
भीतर, कुछ बिछड़ सा जाता है!

पूजा ठाकुर

....

ममता

मैं एक स्त्री हूँ, एक विवाहित स्त्री जिसमें एक कमी है, कि वह माँ नहीं बन सकती...बांझ! हां यही वह शब्द है जो हर रोज मेरे हृदय को छलनी कर देता है ! सास की दृष्टि में मैं एक बंजर भूमि का टुकड़ा हूँ, ..जिसे स्नेह रूपी जल से सिक्त करने की क्या आवश्यकता?? अंकुर तो प्रस्फुटित होने से रहा ! वह हमेशा अपने पुत्र को समझाती है कि वंश को आगे बढ़ाने के लिए उसे अब पुनः विवाह के बारे में सोचना चाहिए,.. उन्हें आतुरता है कि जल्द से जल्द वो पोते का मुख देख ले ताकि उनके स्वर्ग में जाने का मार्ग प्रशस्त हो सके और अपनी इस लालसा के लिए उन्होंने तानों और कटु बाणों के बौछार से मेरे हृदय को छलनी- छलनी कर दिया है!

माँ न बन पाने का दुख मुझे हरदम सालता रहता है,..मेरा ममतामयी हृदय लालायित रहता है किसी बच्चे को देखूं, तो उसे गोद में लेने, दुलारने-पुचकारने के लिए, लेकिन मैं मन को मार लेती हूँ, ...क्योंकि आज मैंने किसी बच्चे को स्नेह से दुलार -पुचकार लिया और कल को वह अस्वस्थ हो गया तो इसकी एकमात्र वजह होगी माँ न बन पाने के कारण मेरे मन में उपजी ईर्ष्या, डाह और जलन की भावना ! तरह-तरह के टोटके, नुस्खे मुझ पर आजमाए जाते हैं,...जो भी आता है अपने संग ढ़ेर सारे सुझाव के

पिटारे लिए आता है। सब आते हैं और सहानुभूति के दो शब्द कहकर मेरे ज़ख्मों को कुरेद कर चले जाते हैं ! पूरे समाज के लिए मेरे पति देवता है ! देवता, क्योंकि उन्होंने अपनी बांझ पत्नी का परित्याग नहीं किया,...उसे भरपूर स्नेह और सम्मान देते है।

किसी की गोद भराई की रस्म से मैं दूर ही रहती हूँ, क्योंकि अगर कुछ बुरा घटित हुआ तो दोष मुझ पर ही मढ़ा जाएगा !

मेरी सूनी कोख सबको दिखाई देती है अगर कुछ नहीं दिखाई देता है तो वह है मेरा कोमल हृदय जिसे लोग हर दिन कटु शब्द बाण से बेधते रहते हैं,...मेरा हृदय ऐसे असंख्य बाणों से घायल हो कर प्राणांतक पीड़ा का अनुभव कर कराह उठा है ! सबसे ज्यादा तकलीफ मुझे इस बात से होती है कि एक स्त्री ही स्त्री की पीड़ा को नहीं समझ पा रही !

वह क्यों नहीं समझ पा रही कि माँ न बन पाना मेरे लिए कितना कष्टकर होगा?? कितना कचोटता होगा एक स्त्री का हृदय अपनी सूनी गोद देखकर,...कितनी तरसती होगी एक स्त्री अपने बच्चे को सीने से लगाकर उसे दुलारने -पुचकारने के लिए ! कितने तरसते होंगे उसके कान माँ शब्द सुनने के लिए !

फिर क्यों हर बार कोई स्त्री ही आकर मेरे दर्द के तारों को झंकृत कर चली जाती है?? अपने सारे दर्द,.. सारे ज़ख्म, ..अपने प्रति हुए तिरस्कार और अपमान को काग़ज़ के पन्ने पर उतारते-उतारते अनायास ही ममता फूट-फूटकर रो पड़ी !

नीना महाजन

ख़ामोश सिसकियां

उपेक्षा और कुढन की अजीब कैफियत भरी थी, मेरे अंदर..क्योंकि आज तक माँ ने स्नेह भरी दृष्टि भी ना डाली थी मुझ पर.. ना मेरे संग खेलती, ना ही मेरी ओर देखतीं! कैसी माँ थी तुम; निष्ठुर, निर्मोही माँ जीवन की अंतिम अवस्था में पहुंच चुकी थी कुढ-कुढ कर, अपना ध्यान ना रख कर, एक खामोशी भरा जीवन जीते हुए वह समय से पहले ही मरणासन्न हो गई थी, बस... मुझे बुला रही थी, आ जाओ ..मुझे तुमसे कुछ कहना है।

माँ के मौन शब्दों में भी मुझे कुछ चीखता हुआ सुनाई दे रहा था.. कोई आवाज थी जो चिल्ला चिल्ला कर कह रही थी...... बलात्कार से पैदा हुआ बच्चा कभी बेटा नहीं बन सकता... माँ ने बताया एक दिन दोपहर को पुष्कर का दोस्त नशे में आया, दरवाजा खुलते ही मुझे खींच कर बिस्तर पर ले गया मैं चीखी, बिलखी "पर कोई मेरी सुनने वाला ना था।

गर्भपात करवाना मेरे और उस भ्रूण के लिए, जो जिंदा है बेहद जोखिम भरा हो सकता था; अब मुझे जख्मों के साथ जीने के मुकाबले उसका सामना करने की जरूरत थी।

पुष्कर मुझसे कट गए... मैं पागल समुंदर की तरह पुष्कर के पास जाना

चाहती थी, उसकी पुकार सुनने के लिए रुकी थी पर जब मुड़कर देखा, कोई नहीं था मेरी परछाई तक खुद को समेटकर जाने कहां चली गई...

बीते सालों में कैसे-कैसे जाले बुन लिए मैंने खुद के आसपास, मोटी मजबूत दीवार खड़ी कर ली, सुबह का उजाला देख मुझ में अवसाद भर जाता था, खामोश लबों के पीछे की चीखें कोई नहीं सुन पा रहा था, भावनाओं की दीवार की एक-एक ईंट करके गिर रही थी... आसान नहीं था खुद को तोड़कर उघाड़ना। मेरे अंदर की ज्वाला भड़क उठी और उस ज्वाला की आंच में तपना पड़ा। तुमको.....!

आगे के शब्द माँ की सिसकियों में दब गए।

अनायास ही मेरी जीवन की गुनगुनाहट एक तेज शोर में बदल गई जीवन अब था, गहरा मटमैला, सीलन और सड़ती लकड़ी की बू से भरा हुआ...मैं इंतजार कर रहा था कोई तो मुझे बिखरने से बचाएगा पर हर कोई अनसुना करके निकल रहा था।

इला सागर रस्तोगी

जयपुर

गांवकोर

शालिनी ने स्तब्ध होकर पूछा "क्या गांवकोर जैसी कुप्रथा आज के समय में भी चलन में है? "महिमा ने उत्तर दिया "कम से कम हमारे गांव में तो है। तुम बचपन में ही पढ़ने के लिए शहर चली गई और एक वकील बन गई, लेकिन हम सबकी ऐसी किस्मत कहाँ? लेकिन इस गांव के लोगों ने जरा भी तरक्की नहीं करी, सब ज्यों के त्यों ही है। शालिनी ने पूछा "महिमा मुझे ले जा सकती हो गांवकोर

पर?" महिमा शालिनी को अपने साथ गांवकोर की तरफ ले गई।

गांव के आखिरी छोर पर एकदम सुनसान एवं वीराने में एक छोटी सी झोपड़ी थी। दोनों ने अंदर प्रवेश करा, तभी बास के डंडों से बने बाथरूम पर जिस पर पर्दा ढका हुआ था, उसे हटाकर एक लड़की कराहते हुए बाहर निकली।

उसने शालिनी को देखते ही पहचान लिया और बोली "अरे शालिनी तू यहां कैसे आई?" शालिनी ने उत्तर दिया "बस निलीमा मैं किसी काम से यहां पास में आई थी तो माँबाबा और सबसे मिलने आ गई...लेकिन तुम यहां क्या कर रही हो?

नीलिमा ने उत्तर दिया "मेरा मासिक धर्म चल रहा है इसलिए हर महीने पांच दिन मैं यही रहती हूँ। वरना कभी-कभी इसके धब्बे कपड़े में से रिसकर फैल जाते हैं फिर साफ भी नहीं हो पाते और बदबू भी हो जाती है।"

शालिनी ने पूछा "तुम कपड़ा इस्तेमाल करती हो लेकिन कपड़े से इन्फेक्शन होने का खतरा रहता है, जिससे सर्वाइकल कैंसर का डर बना रहता है। तुम्हें इतने सुनसान में जंगली जानवरों का डर नहीं लगता? यहां तो बिस्तर भी नहीं है, तुम इस अवस्था में जमीन पर कैसे सो लेती हो। तुम्हारे खाने पानी का इंतजाम कैसे होता है?"

महिमा ने बोला "क्योंकि यह इस गांव का रिवाज है कि मासिक धर्म के दौरान लड़की चाहे कुंवारी हो या शादीशुदा उसे गांवकोर में ही रहना पड़ता है। घर से उबला हुआ खाना, पानी के साथ आ जाता है।

आजकल जहां इंसान शैतान बन चुका है वहां जानवर से क्या डरना? अभी कुछ दिन पहले सांप के काटने के कारण एक लड़की की मृत्यु हो गई लेकिन यह इतना भयावह नहीं था जितना कि कुछ माह पहले एक लड़की को माहवारी के दौरान बलात्कार करके मार दिया गया।" महिमा ने आगे कहा "चलो शालिनी अब चलो बहुत देर हो रही है।"

अपने घर आकर शालिनी कमरे में बैठ सोचने लगी कि यदि मासिक धर्म ही नहीं होगा तो स्त्री बच्चे कैसे पैदा कर सकेगी? मासिक धर्म ही तो उसे काबिलियत देता है बच्चे पैदा करके इस संसार को चला सकने की और उसी के लिए इस तरह से बर्ताव किया जा रहा है। मंदिर में, रसोई में प्रवेश न करना, घर में अलग कमरे में रहना तो शहरों में भी सुनने को आ जाता है लेकिन गांवकोर जैसी प्रथा अब भी चलन में है यह बात तो बहुत ही गलत है। शालिनी ने निश्चय करा कि वह पूरे एक हफ्ते जब तक इस गांव में है तब तक गांवकोर की प्रथा को मिटाने के खिलाफ अपनी कोशिशें जारी रखेगी।

संगीता वर्मा

भीखनपुर, गुमटी

आज सनडे है। बैठी हुई हुँ मैं, अकेले, चुपचाप। मन झांकने को मचल रहा है यादों के झरोखे से ४० साल पीछे।

जी हाँ, ४० साल पहले की वो रात, जब मैं, मैं नहीं रही थी, हम हो गए थे।

अचानक एक शोर मचा। बारात आगई, बारात आ गई। लाइट, बैंड-बाजे की आवाज पास आती हुई। मेरी नजर दीवार घड़ी पर गई थी। रात्रि के दस बज चुके थे। “बारात द्वार लग चुकी है,” भाभी ने भी सूचना दी। सहेलियों के साथ मैं भी बारात का अवलोकन छत पर से ही कर रही थी। “कोई देख न ले” अचानक याद आया और मैं कमरे के अंदर आगई। दिल धक-धक कर रहा था। ये डर था या कोई खुशी। पता नहीं।

“दुल्हा” मंडप पर लाया गया था। रस्में शुरू हुई। सुवह ४ बजे सिन्दूर दान की रश्में पूरी हो चुकी थी। बाराती जनवासा चले गए थे। अन्य लोग भी जा चुके थे। सिर्फ दुल्हा मंडप के पास कुर्सी पर बैठा था। कुछ पल बाद “वे” पद्मासन की मुद्रा में प्राणायाम करने लगे थे। भाभी ने देखा। मुझे भी दिखाया। वह रौद्ररूप देखकर मैं डर गई थी। करीब घंटे भर बाद मैं ने खिड़की से बाहर झांका तो ये नहीं थे। शायद जनवासा चले गए थे।

सुबह आठ बजे भैया उनको चाय-नाश्ता के लिए बुलाकर लाए थे।

पलंग पर बैठते ही एक नई फरमाईस। "मुझे लड़की देखनी है शादी वाले ड्रेस में "सभी नजरें प्रश्न वाचक। दामाद है। आदेश सर-आंखों पर। आदेश हम तक पहुँचा। "किस पागल के हथ्थे चढ़ गई मैं "सर पकड़ सोचने लगी थी मैं। लेकिन संस्कार ही ऐसे थे कि कुछ भी बोलना नामुमकिन सा था।

आदेश शिरोधार्य। नजरें झुकाए सम्मुख उपस्थित हुई। दो-तीन मिनटों में ही जाने का इशारा। जान बची तो लाखों पाए।

शाम के पाँच बजे बारात विदा हो गई थी। जाना दूर था। इसलिए मैं, ये और मेरे ससुर जी तीन लोग रूक गए थे। रात्रि के दस बजे "कोहवर" गीत समाप्त हुआ। चूँकि घर रिश्तेदारों से भरा हुआ था। अतः हम दोनों के सोने की व्यवस्था कोहवर में ही की गई थी। जब "ये" आकर लेटे तो मैं ने हिम्मत कर के भोर (सूर्योदय से पहले) के बारे में जिक्र किया। हंस ने लगे। मैं ने तुरंत इनके मुँह पर हाथ रखा क्यों कि मुझे पता था कि निगहवान होगी कई जोड़ी आंखें। फिर तो फुस्स-फुसाकर ही बातों का सिलसिला जारी रहा। "कई दिनों की थकाबट से रिलेक्स पाने के लिए मैं प्राणायाम कर रहा था "बताया इन्होंने। और सुबह -मैंने पूछा। "अरे पगली, सद्यः व्याहाता लड़की कैसी लगती है, यह देखना चाहता था मैं।" मैं ने बीच में ही टोका। "नहीं-नहीं। मैं अंधी-कानी तो नहीं हुँ न। आप यही सोच रहे थे।"

"ऐसी बात नहीं है। माँ की नजरों से मैं ने तुम्हें देख लिया था। दरअसल, मैं चाहता था कि चाय लेकर तुम मेरे पास आते, चाय लेते हुए तुम्हें देखूँ और चाय हाथ से छूट कर नीचे गिर जाय और तुम भाग जाओ-सीन ये था" "नौटंकी बाज" मैं जोर-जोर से हंसने लगी थी। तुरंत हथेली इन्होंने मुँह पर रख दिया था। रात युं ही बातों-बातों में कट गई थी। मेरा डर न जाने कहाँ गुम हो गया था। मुझे इनसे प्यार हो गया था।

के. संगीता
गुजरात

गज़ल

मेरी शाम-ओ-सहर का हिसाब रखता है
वो मेरी लिखी इक इक किताब रखता है.....
यूँही तो चेहरे पे नूर न आया होगा उसके
दे कर खुशियां दिलों के अज़ाब रखता है.....
खुश ना हो कि तेरे गुनाहों का गवाह नहीं
तुझमें रहकर कोई तुझपे हिजाब रखता है.....
उसकी ख़ामोशियाँ भी बेसबब नहीं होती
अपनी निगाहों में वो हर जवाब रखता है.....
रौशनी जुगनुओं की भी न हासिल हमको
अपने दामन में कोई आफताब रखता है.....
खुदा तेरी दुनियां का दस्तूर भी अजीब है
जिसके दामन में कांटे वही गुलाब रखता है.....
नन्ही कलियों से ही रौनक-ए-गुलशन है
कैसे कोई इन पे नीयत ख़राब रखता है.....

गुलशन पाण्डेय
मधेपुरा, बिहार

नारी का करो तुम सम्मान...

नारी ही शक्ति, नारी ही ज्ञान
नारी ही टेरेसा की पहचान
नारी का करो तुम सम्मान...
नारी सृष्टि, नारी अम्बर
नारी ही मोहनी की पहचान
नारी का करो तुम सम्मान...
नारी गौरव, नारी अभिमान
नारी ही मर्दानी झाँसी की पहचान
नारी का करो तुम सम्मान...
नारी दौलत, नारी ही स्वाभिमान
नारी ही विनम्रता लता की पहचान
नारी का करो तुम सम्मान...
नारी ही दुर्गा, नारी ही काली
ना करो इनका अपमान
नारी का करो तुम सम्मान...
नारी ही संसार में देती है
सबको पहचान
नारी का करो तुम सम्मान...

रानी कुमारी
पुर्णिया, बिहार

लोग क्या कहेंगे

'नमस्ते काकी, कैसी हैं आप।' गांव के स्कूल की मैडम जी ने अम्मा से पूछा। 'जिसके जवान बेटे को ऊपर वाले ने उठा लिया, वह कैसी रहेगी बिटिया?... अच्छा बताओ तुम्हारा इधर कैसे आना हुआ?' अम्मा ठंडी आहें भरते हुए बोली।

'आपका रोहित पिछले सप्ताह से स्कूल नहीं आया तो सोची, पूछ लूं।'

'रोहित के पापा के जाने के बाद घर की माली हालत किसी से छिपी नहीं है। महीने भर से दुकान बंद पड़ी थी।

रिश्ते-नातेदारों ने भी मुंह फेर लिया। एक स्टाफ के भरोसे दुकान फिर से लगवायी, पर वह अपना ही पेट भरने में लग गया। तो अब रोहित स्टाफ के साथ दुकान पर...।' रोहित की माँ संगीता मैडम जी के आगे चाय की कप रखते हुए एक ही सांस में कह गयी।

'अरे! तुम ऐसा कैसे कर सकती हो? उसकी पढ़ाई रोककर भविष्य बिगाड़ रही हो।'

'तो फिर पेट कैसे भरेगा मैडम जी? घर कैसे चलेगा ?

वो थे तो और बात थी, पर अब.......।' संगीता की आवाज गीली हो गयी।

'अच्छा एक बात बता, तू भी तो पढ़ी-लिखी है। तू दुकान तो चला ही सकती है। वैसे घर में भी काम तो कुछ खास होगा नहीं। दिनभर खाली बैठे रहने से अच्छा है कि तुम और अम्मा दोनों दुकान पर ही बैठा करो। काम में लगी रहोगी तो चिंता भी थोड़ी कम होगी।' मैडम जी ने समझाया।

'अरे! मैडम जी दुकान पर वो भी बाजार में जाकर बैठेंगे तो लोग क्या कहेंगे? नहीं... नहीं।'

'तुम्हारे मुसीबतों से लोगों को फर्क नहीं पड़ता, लोग साथ खड़े नहीं रहते तो तुम क्यों सोच रही हो श्लोग क्या कहेंगे।'

अम्मा जो दोनों की बातें चुपचाप सुन रही थी, वह अचानक से बोल पड़ी, 'बिल्कुल ठीक कह रही बिटिया। कल से रोहित स्कूल जायेगा और हम दोनों दुकान पर।'

मैडम जी मुस्कुराते हुए वहाँ से निकलीं।

शाहाना परवीन
मुज़फ्फरनगर (उ.प्र)

प्यारा साथी

पापा से प्यारा जहाँ में कोई दूसरा नहीं है
उनके जैसा प्यारा साथी कोई और नहीं है
कहने को थे पिताजी पर थे अच्छे मित्र मेरे
बचपन से बड़े होने तक सग-संग साथ चले मेरे
उँगली पकड़कर केवल चलना ही नहीं सिखाया
कई बार गिरी मैं तो मुझे संभलना भी सिखाया
उनके जैसा प्यारा साथी कोई और नहीं है
शिक्षा में अव्वल रही सदैव उन्हीं के दम पर
आज मैं 'शिक्षित नारी' मेरे पिता जी के ही बल पर
पापा बेशक नहीं दुनिया में पर रहोगे सदा मेरे पास
तारा बन चमकते घर-आँगन मे देते रहते आशीर्वाद
बातें आपकी जो यादें बन कर करती मेरा मार्गदर्शन
अकेला नहीं होने देतीं कभी मुझे चलती मेरे संग -संग
आपकी शिक्षा के ही सहारे मैं आज यहाँ तक पहुँची हूँ
पापा को पास पाकर कुछ पक्तियाँ यहाँ लिख पाई हूँ
पापा से प्यारा जहाँ में कोई दूसरा नहीं है
उनके जैसा प्यारा साथी कोई और नहीं है

डॉ. प्रीति समकित सुराना

पीड़ा तो मेरी सखी है पुरानी

पीड़ा तो मेरी सखी है पुरानी
खुशियों ने की है सदा बेईमानी
मुझपर जो बीता है
भीतर जो रीता है
किसको दिखाऊँ
कैसे बताऊँ
काफी नहीं है, बताऊँ जुबानी,
खुशियों ने की है सदा बेईमानी
पीड़ा तो मेरी सखी है पुरानी
मन है ये प्यासा
चहुँ दिश निराशा
सूखा पड़ा है
खाली घड़ा है

बचा है जरा सा, बस आँखों में पानी,
खुशियों ने की है सदा बेईमानी
पीड़ा तो मेरी सखी है पुरानी
तेरे बिन अधूरा
जीवन है मेरा
न करना बहाना
बस लौट आना
सच है यही, ये न कोई कहानी,
खुशियों ने की है सदा बेईमानी
पीड़ा तो मेरी सखी है पुरानी,..!
बदल दे इरादे
बाकी है वादे
न ही खुद को सता
न दे मुझको सजा
अब आ भी जा, बीते जिंदगानी,
खुशियों ने की है सदा बेईमानी
पीड़ा तो मेरी सखी है पुरानी,..!

वाणी शुक्ल

हाजिनगर, पश्चिम बंगाल

'वसूली'

कल मेरे जीएम का जन्मदिन था। मैं घर से गाजर का हलवा गाजर के हलवे का केक बनाकर ले गया था। सुबह-सुबह जीएम के आगमन के साथ ही हैप्पी बर्थडे टू यू सर का उद्घोष और फिर गाजर के हलवे का केक काटा गया। जीएम सर के साथ ही सारे स्टाफ के लोगों ने उस केक के लजीज स्वाद का लुत्फ उठाया। आयोजन समाप्त होते ही मैं जीएम के कमरे से बाहर आ गया।

अन्य कार्यों से फ्री होकर जीएम ने मुझे बुला भेजा। उन्हें याद आया, कल उन्होंने मुझे बकाया ऋण की वसूली के लिए शेर सिंह के घर भेजा था। उस वसूली से संबंधित रिपोर्ट के लिए उन्होंने मुझे तलब किया था। उनका बुलावा आते ही बीते कल की पूरी घटना सिनेमा पटेल की तरह आंखों के आगे चमक उठी।

बड़ा ख्वाब था बैंक में राजभाषा अधिकारी बनकर भारत सरकार और हिंदी की सेवा करने की।

इसी क्रम में एम.ए. पास करते ही दिन-रात लगकर आई.बी.पी.एस राजभाषा अधिकारी की परीक्षा की तैयारी में लग गया। परीक्षा हुई और मेरा

चयन भी हुआ। पटियाला के एक बैंक में राजभाषा अधिकारी के रूप में कार्य ग्रहण करने का यह मेरा तीसरा दिन था। बैंक के ढेरों ऐसे ग्राहक थे जिन्होंने बैंक से ऋण ले रखा था पर ना तो मूलधन नाही ब्याज की किश्त चुका रहे थे। डूबते हुए कर्जे के कारण बैंक का एनपीए काफी बढ़ गया था। ऊपर से दबाव था कि किसी प्रकार से कर्जे की किस्तों या मूलधन की उगाही की जाए। ऊपरी दबाव के कारण हमारे जीएम ने बैंक के अधिकांश कार्मिकों को वसूली अभियान पर लगा दिया मैं भला कैसे बचा रह सकता था, मुझे भी इस अभियान पर लगा दिया गया और पटियाला के ही पास के एक गांव में शेर सिंह के घर वसूली के लिए भेजा गया। बड़ी मुश्किल से शेर सिंह का घर ढूंढ पाया। जैसे ही उनके दरवाजे पर पहुंचा मेरा स्वागत भोंकते हुए दो खूंखार बुलडॉग ने किया। ऐसा लग रहा था मानो अगर वह मुझे पकड़ पाए तो मेरी हड्डी पसली चबाकर खा जाएंगे। वैसे भी बैंक की नौकरी ज्वाइन करने से पहले मेडिकल परीक्षा के दौरान मुझे पता लगा की यदि मेरा वजन १०० ग्राम भी कम होता तो मुझे अंडर वेट घोषित कर इस नौकरी के लिए अयोग्य ठहरा दिया जाता। अब इस बुलंद शरीर के साथ इन दरिंदों का सामना कैसे कर पाता। मेरी तो एक ही बंद गई थी। बड़ी मुश्किल से गले से शेर सिंह की आवाज निकली। शेर सिंह ने मेरी मरी आवाज को सुनकर कुत्तों को डांटा। कुत्ते चुप हुए मैं अपना झोला उठाएं डरते डरते शेर सिंह के बरामदे में पहुंचा। वह आठ-दस मुच्छड़ यमराज नुमा लठैतों के बीच बैठा था।

शेर सिंह ने पूछा, कौन हो भाई?'

मैंने जैसे ही बैंक का नाम लिया, उसकी त्योरियां चढ़ गई। ऐसा लगा कि अपने कुत्तों और लठैतों को बस आदेश देने ही वाला है, अब तो शामत ही आई समझो!

थूक गटकते हुए मैंने अपने आने का उद्देश्य बताया। अभी कुछ और बोलता कि वह बोल उठा, 'बैंक भाई, तू मेरे वकील नाल गल्ला करीं, वही तुझे समझेगा।

उसका वकील आ गया और वह हमें छोड़कर बाहर निकल गया। वकील को मैंने बताया कि शेर सिंह ने बैंक का बकाया चुकाया नहीं, उसकी वसूली के लिये आया हूँ। अब वकील कानूनी भाषा की बात करने की शुरुआत करने लगा। अब चूंकि तीन दिन ही हुआ था बैंक में लगे, राजभाषा अधिनियम और नियम के अतिरिक्त कुछ पता तो था नहीं,वसूली और एनपीए की जानकारी कहाँ से होती। फिर भी मैंने हिम्मत न हारी और वकील को समझाने लगा, 'देखो वकील बाबू, अधिनियम की धारा ३(३), नियम १०(५), १०(२) के अनुसार अनुपालन का दायित्व तो इनका बनता ही है, और फिर इसका उल्लंघन करने की बात तो आप समझ ही सकते हैं कितना सीरियस होता है।

वकील भी मेरे जैसा ही कानून का ज्ञाता था, लिहाजा केवल हां में सिर हिलाता रहा और मेरी बात पर सहमति जताई। फिर भी वकील तो वकील होता है। कुछ इधर-उधर की बात हुई। इस बीच वो लठैत और खूंखार कुत्ते मेरी ओर लाल सुर्ख आंखों से घूरते रहे। कुछ देर की चर्चा के बाद किसी तरह से जान बचाकर बाहर निकला और सरपट बस स्टैंड की ओर भागा। दिन भर के उथल-पुथल और फिर कुटाई के भय से भूख लग गई थी।गांव में कोई होटल तो था नहीं,लाचारी थी, खाता क्या?

तभी पास के खेत मे एक किसान को गाजर उखाड़ते और धोते देखा। भूख ने गाजर के खेत की ओर रुख करा दिया। खेत के पास पहुंचते ही में बोल पड़ा, 'सरदारजी, गाजर कैसे दे रहे हो?'

सरदारजी मेरी ओर मुड़े, अरे, बैंकर बाबू, हम किसान खेत से सीधे कोई फसल नहीं बेचते, और फिर आप तो हमारे मेहमान हैं, आपसे पैसे कैसे ले सकता हूँ!'

यह आवाज शेर सिंह की थी। मेरी तो फिर से घिग्घी बंधने को आई। पर शेर सिंह ने बड़े प्रेम से पांच-सात किलो गाजर का एक बंडल बांध दिया और मुझे पकड़ा दिया। उनके रसूख और कुटाई के डर, भूख के कारण मना न कर सका, गाजर लेकर अपने निवास स्थान पर वापस आ गया।

कुछ कच्चा खाया और फिर कमरे में पहुंच कर ख्याल आया कि कल जीएम साहब का जन्मदिन है, क्यों न उनके लिये गाजर का हलवा बनाकर ले चलें, और फिर बड़े मन से हलवा तैयार की।

जीएम साहब का दुबारा बुलावा आया, फ्लैशबैक से मैं बाहर आया और उनके कमरे की ओर चल पड़ा।

पहले तो उन्होंने ट्रीट के लिये आभार व्यक्त किया और फिर हलवे का खर्चा पूछने लगे। उनके काफी आग्रह करने पर मैंने कुल सौ रुपये खर्च बताया। वे तुरंत रुपया निकाल कर देने लगे।

मैंने उनसे एक अनुरोध किया और उसे मानने की शर्त पर उनसे अनुरोध किया कि यह रकम शेर सिंह के लोन खाते में जमा करवा दें।

डा. श्वेता चोपड़ा
चिड़ावा, जिला-झुंझुनू (राजस्थान)

मुझें दायरों में मत बाधों

मैं बहना चाहती हूँ, उस बेपरवाह नदी की तरह
जो कई मीलों का सफ़र कर
आखिर में अपना सागर ढूंढ ही लेती हैं।
ठीक उसी तरह मैं भी अपना अस्तित्त्व तलाश कर ही लूंगी,
बस, मुझें दायरों में मत बांधो,
मुझे बहने दो, अपना सागर तलाशने दो।।
मैं उड़ना चाहती हूँ, उस अबाबील कि तरह
जो हर रोज एक नया आसमान तय करती हैं
और लौट जाती हैं ठीक उसी गंतव्य पर,
जहाँ से उसने अपने पंख फैलाना शुरू किया था।
यकीन करो, मैं भी लौट आउंगी
बस, मुझें दायरों में मत बांधो,

मुझे उड़ान तो भरने दो
अपना आसमान तो तलाशने दो।
मेरा यकीन करो,
मैं लौट आउंगी,
ठीक वैसे ही,
जैसे सांझ ढ़ले लौटते हैं परिंदे अपने घर को
बस, मुझे दायरों में मत बांधो।।

राग़िनी श्रीवास्तव

कविता

सुनो माँ!
'नहीं करनी मुझे शादी'
'नहीं जाना तुम्हें छोड़ कर'
'यहीं रहूँगी हमेशा'
'तुम्हारे पास...साथ-साथ'
खुनकते हुए कहती बेटी
एक दिन...
खोईंछे के चावल में बंध
चली जाती है अपने घर
फिर तो...खुद बनने लगती है माँ जैसी
भाभी, चाची, मामी के रिश्ते में बध
बच्ची बनना भूल जाती है
बस..याद आते है कभी-कभी
उसे झूले की ऊँची-ऊँची पेगो से
डर कर बंद आँखों में
'माँ' को याद करना।।

सुनों माँ...
'जब चाहें चली आना तुम्हारा ही घर है बेटी' कहा था तुमने,
'विदाई के वक्त खोईंछे की पोटली बांधते हुए'
मैं जानती थी... तुम्हारा यह सच भी..
उस झूट की तरह ही है...
जो
अपनी बात मनवाने के लिए
बोला करती हो अक्सर तुम'
'और हां माँ...
तुम्हारा ही घर है...
याद आते ही औपचारिकताओं के आँगन में
जिम्मेदारियों का ताला लगा अक्सर
मैं
चाभी भूल जाती हूँ।।

सुनों माँ...
धीरे धीरे सीख रही हूँ...
जल्दी-जल्दी सब कुछ करना।
अलसाई नींद, अल्हड़ हँसी
और लापरवाह आदतों को
मायके के संदूक में बंद कर
आई थी
'नए घर' में!
'अच्छे से रहना बेटी'
समझ गयी थी,
नासमझ मैं।
तुम्हारी यह अर्थपूर्ण बात
'हाँ! तो माँ'

अनगिन दायित्वों को निभाते
यादों के बक्से से...
जब तब निकल आती हैं
रिमझिम बारिश, गुनगुनी धूप, अलसाई दोपहर
और मैं उन्हें छूते-छूते रह जाती हूँ हर बार।।
रू सुनो माँ !
क्यूँ बिना सोचे
सब कुछ कह जाती हूँ तुमसे
क्यूँ तुम्हारे सामने ही
सुकुमार बन खिलखिलाती हूँ मैं
क्यूँ तुम्हारे पास आ
बेफिक्र सी हो जाती हूँ मैं
मुझे मालूम है माँ
क्यूँ कि
हर रिश्ते से महीनों पुराना है
अपना रिश्ता

'अदिति सिंह'

गोपालगंज, बिहार

सपने

रात में कुछ उम्मीदे
यूं दबी दबी सी रह गई
सपनो में तुम्हें ढूढ़ते ढूंढते
फिर अचानक सुबह सी हो गई।
सपनो को संजो नही पाई
बस देखती रह गई
सपनो में तुम अचानक आई
फिर तुम यूं चली गई।
मन सुबह से व्यथित है कि
क्यो नही खिंच पाई तुम्हारी तस्वीर
अगर मैं एक कलाकार होती
शायद उतार लेती तुम्हे पर्दे पर।
सपने में तुमने ऐसी बाते की
मन भावुक हो चला अब
भावुकता में बहकर मैं
नही याद कर पाया तुम्हारी बातो को।
अब तो रोज रातो को यू
जगी जगी सी सोती हु
शायद फिर से सपनो में आओ
सुबह होने से पहले।
आज भी तेरी बिटिया रोती है
तुम्हे सपनो में ढूंढती है
अब तो आ जाओ, हकीकत ना सही
सपनो में ही अपना दरश दिखा जाओ माँ।

प्रीति शर्मा 'असीम'
सुंदरनगर

एक श्रापित शक्ति, जिसे कहते है -औरत

बदलते है पहरेदार, लेकिन! जिसके लिए
बदलती नही, समाज की सोच उसे कहते है -औरत
पिता-भाई, पति-पुत्र का, घर सजाती है।
दिल की बात, कभी ...डर, संस्कार, फर्ज़ के नाम पर।
बस ...दिल में ही रह जाती है।
एक श्रापित शक्ति, जिसे कहते हैं -औरत
दुनिया, जीतने वाला, खुद को, जब विजयी बनाता है।
और ...? यह भूल जाता है। जो घर पर बैठी है।
खुद को भूलकर, उसी के दफन किये सपनो पर,
तुम बाहर, विजय की, पताका फहराते हो।
तुम क्या करती हो, सारा दिन। यह कह कर,
तुम कितने मतलबी हो जाते हो।
वो तेरी खुशी में खुश रहे। तुम्हें भी.... कभी
उसकी खुशी का ....ध्यान आता है।
बडे-बडे भाषणों की, बात नही करता।
बदल गया या बदलने वाला है।
सच कड़वा और अमावस से भी कही ज्यादा काला है।
अपने दिल को टटोलो, उसे भी जीने दो।
अपनी दासता की कैद से, अब तो मुक्त हो जाने दो।।

मृदुला सिन्हा

इस कदर जख्मी कर शरीर को

लहूलुहान कर इंसानियत को
कई निशान दे कर मेरे वजूद को
जला डाला अस्तित्व ही मेरा
पर मन कहाँ जला पाओगे
बेशक टूट गयी हूँ मैं इन झंझावातों से
नसीब भी रूठ गया हो जैसे मेरा मुझसे
जला शरीर तार तार होता मेरा रूह
खौफनाक सा मंजर और बस मेरी सिसकियाँ
क्या मेरा वजूद वापस दिला पाओगे
मेरी एक ना तुझे इस कदर तोड़ गयी
टूट गया तेरा स्वाभिमान और
कर दिया फैसला मेरे आज और कल का
इंसानियत का साथ छोड़कर
बताओ क्या तुम इंसान बन पाओगे
मेरा ये बिखराव मुझ तक ही है
मेरा ये दर्द बस मेरे शरीर तक है
मेरी आत्मा अब भी वही निश्छल अडिग
मैं उठूंगी लडूंगी और दूंगी जवाब
सच तो यही कि अब सब कुछ ख़त्म
पर मेरा मन कहाँ जला पाओगे

प्रीति चौधरी (मनोरमा)
बुलंदशहर

बलात्कार एक जघन्य अपराध

सिसकते अधर हैं, बिलखते नयन हैं
छलनी है हृदय, लहूलुहान मन है।
आदमी के भेष में असुर हैं यहां,
नैतिकता का यह कैसा पतन है।
असुरक्षित है मासूम जीवन यहां,
कुकर्मों में नित असुर मगन है।
अश्रुओं से भी शांत नहीं होती,
हृदय में जल रही कैसी अगन है।
करुण क्रंदन, चीत्कार है चहुँ ओर,
हर्षोल्लास का हो गया दमन है।
न्याय की गुहार लगाती है वेदना,
अन्याय की बह रही उन्मुक्त पवन है।

दूषित समाज की विकृत मानसिकता,
संवेदना शून्य हुआ आदमी का मन है।
मानवता पलायन कर गई दुनिया से,
न दिन को सुकून, ना रात को अमन है।
मासूम कलियां मसल कर फेंक दीं,
खिलने से पहले मुरझाया सुमन है।
पाप के भार से कराहती है वसधा,
बेटियों की दुर्दशा पर रोता गगन है।
लाज की गहने किसी ने नहीं पहने,
इच्छाओं के बाजार में रिश्ते हुए नगन हैं।
तन की पीर ठहरी है दृगों में प्रीति,
कितनी यातनाएं सीने में दफन हैं।

शोभा गोयल
जयपुर

मै और तुम

मै और तुम
चलते रहें दो समानांतर पटरियों पर
जिसकी दिशा एक
रास्ता और मंजिल भी एक
लेकिन साथ रहकर भी
दोनों ही अलग-अलग
मै और तुम
रहे हमेशा साथ पर्णहरित पात पर
जिसका आधार भी एक
कृत्य और विचार भी एक
लेकिन बीच में खिंची हुई लकीर से
दोनों ही पृथक-पृथक
मै और तुम
बहते सागर के दो किनारे
जिसकी लहरें भी एक
गहनता और मानदंड भी एक
आमने-सामने रहते हुए भी
पर हमेशा रहें जुदा जुदा

आकांक्षा प्रिया
नई दिल्ली

कविता

माँ, आज आईने के सामने
जब खड़ी थी
तो सजने के लिए नहीं
बल्कि चेहरे से सजावट उतार
उसे साफ कर लूं
ताकि फिर से सज-संवर सकूँ...
और फिर सहसा ख़्याल आया कि मैंने भी तो
अपनी बिंदी को
माथे से उतार आईने के उपरी कोने पर लगा दिया
फिर जाने कैसे तेरा अक्स उभर आया माँ
कि तभी माथे पर वही लाल मध्यम आकार की
बिंदी लगाए मुसकुराई...
कहती थी जो बातें
वही आज भी दुहराया...
हम औरतें बस सजने के लिए ही दर्पण नहीं निहारतीं
हम तो खुद पर आई मुसीबतों से जूझने के लिए

आइने में झांक
खुद को मजबूत बना जातीं हैं...
हम स्त्रियाँ अपने अतीत को
याद कर वर्तमान में जी लेतीं हैं...
और निर्भीक होकर पल भर में ही
भविष्य के कितने सतरंगी सपने बुन लेतीं हैं...
माँ ...
आज तेरी और मेरी छोटी-छोटी बिंदियों ने
आपस में बहुत-सी बातें की होंगी...
बिल्कुल हमारी ही तरह...
न जाने क्यों उनके आलिंगन का एहसास
मेरे रोम-रोम को पुलकित कर रहा आज भी।

सवि शर्मा
देहरादून

"आई मैं द्वार तेरे"

तेरी आशाओं के नुपूर पहन,
नयनों में प्यार का इंद्र धनुष सज़ा,
माँग में सिंधु सधा अमृत लगा,
आई मैं प्रियतम द्वार तेरे।।
ना समझना खुद को अकेले,
साथ पाओगे साँझ सबेरे,
छीन लूँगी सब कस्ट घनेरे,
आई मैं प्रियतम द्वार तेरे।।
रक्खूँ जीवन में रिश्तों का वंदन,
करूँ मैं फाग सा अभिनंदन,
बसंत ऋतु की अंगड़ाई लेकर,
आई मैं प्रियतम द्वार तेरे।।
प्रतिपल चमके उपवन सा घर,
कर्तव्य निष्ठ हो करें आवाहन,
गगन दीप से तारे बिछा कर,
आई मैं प्रियतम द्वार तेरे।।
मधुर मिलन हो साथ हमारा,
पल पल में हो प्यार तुम्हारा,
गंग धारा सी निर्मल करने,
आई मैं प्रियतम द्वार तेरे।।

प्रेमलता शर्मा 'आयुमी'
खिरिया, नरसिहपुर (म.प्र.)

नदी की मौन व्यथा

खाइयों में तब्दील हुई जिनकी धारा अमृतसम थी।
सदियों से जिन्हें पूजते उनकी आँखें नम थी।।

जो देतीं आशीष हरित का उनकी धारा कम थी।
उजड़े लगते जिनके तट अब रेत जहाँ से गुम थी।।

सौन्दर्य इनका रेत से था अब वीरानी सी छाई।
बूंद-बूंद पानी को तरसे जन-जन त्राहि-त्राहि।।

स्वार्थ लोभ वस इनका विघटन
करते रहे सदा मानस जन,
जो वोया अब काटें उसको।
निगली नदियाँ अब वाँटें तट को।।

जहाँ पड़ी है सिर्फ अस्थियाँ और पत्थर।
वह जाने को लालायित, खड़े निरूत्तर।।

अब कल-कल के गीत नही है
इनसे पहले सी प्रीत नही है,
अभी समय है समझ सको तो।
इनकी पीड़ा समझ सको तो।।

पानी की कीमत पहचाने
इनके संरक्षण में जागे।
जब धरा पर जल ही न होगा,
कैसे जीवन कैसा कल होगा।।

हम फिर नदियों की आरती उतारे
इनकी रक्षा की अलख जगाये।
हमें चाहिए सदा अमृत जल
और नदियाँ गाती वहे कल-कल।

हेमलता राजेंद्र शर्मा
साईं खेड़ा नरसिंहपुर, (म.प्र.)

नशे ने उजाड़ दी

अपनों से प्रेम करो गफलत से दूर रहो।
नशे ने उजाड़ दी कई जिंदगानी या।
भूल गए फर्जी क्या दूध का कर्ज क्या।
छाती से चिपका कर गायी थी लोरियां।
दुर्घटना ऐसी घटी माता की छाती फटी।
नशे ने माताओं की उजाड़ दी गोदिया।
फेरे जब सात
लए जन्मों को साथ भये।
सपने संजोए दुल्हन बैठीजब डोलिया।
पत्नी से प्रेम हुआ नशे से लाचार हुआ।
धुल गया सिंदूर और टूट गई चूड़ियां।
बाहों का झूला बना तकिया है सीने का।
पिता की दुलारी बहुत होती हैं बेटियां।
पिता का जब साया उठा बचपन भी रूठ गया।
घेर घेर घूर रही गिद्धों की टोलियां।
संतान मनु कि तुम हो पशुता का त्याग करो।

मनुष्यता होती महान रचो ऐसी कहानियां।
नशा सुर का अंत करो हिंद नशा मुक्त करो।
नर बने नारायण तो लक्ष्मी हो नारियां।

चूड़ियाँ

कभी हंसती कभी गाती, कभी मुस्कुराती हैं चूड़ियां।
हर लमहे का एहसास, दिलाती है चूड़ियां।
हो माथे पे चाहे बेदी, पांव में चाहे पायल।
है अधूरा सिंगार, गर न हो कलाई में चूड़ियां।
चूड़ी की खनक खन खन, पायल की छनक छन छन।
घरों में घरों का एहसास, दिलाती हैं चूड़ियां।
सावन की घटा छाये, साजन की याद आए।
वो प्रथम मिलन की याद, दिलाती हैं चूड़ियां।
प्रीतम की पाती पाकर, सखियों के बीच जाकर।
मारे खुशी के शोर, मचाती है चूड़ियां।
हमराज जब नाराज हो जाए, बिसरी यादों में आज को जाए।
कलाई में सिमटी रहती, है चुपचाप चूड़ियां।

वन्दना रानी दयाल
पटना

कर लो दीप्त तुम मन को

चटकता, दरकता, कराहता,
मेरे मन का वह कोना
जो तुम्हारे जानलेवा मौन से
टूट सा गया है,
रिस रहा है खून जिससे,
फैलता जा रहा है
मेरी शिराओं में
जिसके घाव का ज़हर!
और तुम....?
अपने मन के
व्यापक, विशाल व्योम में खोए हो
गुम से?
तुम्हारे मन के व्योम में
कोई सूरज तो होगा?
दीप्त कर लो अपना मन उसकी आभा से,
ओढ़ लो कुछ ईमान और संवेदनाओं की रश्मियां

उस सूरज से उधार लेकर,
खुरच कर फेंक दो अपना अहंकारी पौरुष,
गुरूर और बेरुखी!
बन जाओ वह पुरुष
जो वाकई स्त्रियों के मन मंदिर में
होते हैं विराजमान!

अमृता पांडे
हल्द्वानी

कविता

तुम ईश्वर की सुंदरतम कृति
संपूर्णता की हो अद्‌भुत प्रति
इस जीवन का आधार हो तुम
खुद में ही एक संसार हो तुम
तुम 'कामायानी' को देती गति
तुम कामदेव की प्रिये रति
वात्सल्य, प्रेम और क्षमादान
यह परिचय शब्द तुम्हारे हैं
तुमसे ही है ये घर -आंगन
महके वन उपवन सारे हैं
ले लक्ष्य की मशाल अब आगे बड़ी हो
मिला कंधे से कंधा पुरुष के तुम खड़ी हो
जब आंच प्रतिष्ठा पर आए
तब रूप कालिका धर आना
अपनी जैसी औरों को भी
आगे बढ़कर तुम न्याय दिलाना
सिर्फ आज क्यों दिवस तुम्हारा
अंतर्मन ने यही पुकारा
आधी आबादी कहलाती हो
पूर्ण करो इस जुमले को।

नूतन योगेश सक्सेना

ईश्वर का वरदान है बेटियाँ

बेटा तो एक ही घर का चिराग
दो कुलों की शान है बेटियाँ।
पर आज का ये वहशी समाज
लुट रही आज यहाँ हर ओर बेटियों की लाज।
हो रहा हर दिन एक न एक न एक 'सीता' का अपहरण
जारी है अनवरत 'द्रौपदी' कि चीरहरण।
'कफन से कोख तक' नहीं है कहीं सुरक्षित बेटियाँ
खुद अपने ही जनक के हाथों नित मरती हैं बेटियाँ।
देखकर ये दशा काँपता है मेरा मन
मैं भी हूँ एक स्त्री, माँगती हूँ प्रभु से ये वरदान
देना मुझे भी बेटियों की माँ बनने का सम्मान।
हे प्रभु! पिला देना अमृत की दो बूंद
फिर गढना वह 'अपरिपक्व भ्रूण'
कि चाहकर भी कोई कर ना पाए 'कन्या भ्रूण-हत्या'
माँ की सुरक्षित कोख में मिले हर बेटी को जीवन नया।
'हे ब्रह्मा!' तू सृष्टिकर्ता है और मैं सृष्टि जननी
मेरी ये अभिलाषा तुझे ही है पूरी करनी
पोषित करु मैं अपना प्रतिरुप और दूँ उसे जीवन
'हे सृष्टिकर्ता' माँगती हूँ तुझसे यही वचन....
माँगती हूँ तुझसे यही वचन।

डॉ. निधि श्रीवास्तव
गोरखपुर

खेलो चाहे कितना भी

खेलो चाहे कितना भी मेरे जज़्बातों से,
हार नहीं मानूँगी अपमान भरी बातों से,
नोचो मेरे अरमानों की कोमल कलियाँ,
तोडो मेरे अस्तित्व की सुंदर डालियां,
हर बार खडी रहूँगी उतनी ही ताकत से,
खेलो चाहे कितना भी मेरे जज़्बातों से,
ना तौल सका कोई, ना तौल सकोगे तुम,
जाओ इतनी भी तुम में सामर्थय नहीं,
जो नाप सको मेरे संयम और बलिदानों को,
गुरुर तुम्हे है अपनी बौनी मानसिकता पर,
अपनी छद्म-शक्ति का दम नित भरते रहो,
ना टूटी पहले कभी, ना तोड़ पाओगे कभी,
हर बार खडी रहूँगी उतनी ही ताकत से,
खेलो चाहे कितना भी मेरे जज़्बातों से।।

रत्ना श्रीवास्तव

गाजियाबाद

खुदगर्जी

खुदगर्जी कर गये मुझसे
तो कोई बात नही,
मगर मिलूँ जो कभी
तो झुका लेना नजरें,
कि लगे जमीर जिन्दा है....
फरेब कर गये मुझसे
तो कोई बात नहीं,
मगर मिलुं जो कभी
तो बदल लेना राहें,
कि लगे जमीर जिन्दा है....।
बेगाना कर गये मुझको
तो कोई बात नहीं,
मगर मिलुं जो कभी
तो देख लेना एक बार मुड़ के,
कि लगे जमीर जिन्दा है.....।
बेवफाई कर गये मुझसे
तो कोई बात नहीं,
मगर मिलूँ जो कभी,
तो अश्क लाना जरूर आँखों में
कि लगे जमीर जिन्दा है....।

लता शर्मा
जांजगीर (छत्तीसगढ़)

सुनो तुम

जो जख्म तुमने दिया है
यकीनन बहुत गहरा है,
मवाद भरा है उसमें
तो टीसना लाजमी है
दुखता भी बहुत है
मुझे तो दर्द सहना है,
तुमसे जो मिले हैं
प्यार में तुमने दिए हैं।
प्यार से दी हुई चीज
भला कभी फेंकी जाती है,
तभी तो जख्म को भी
दिल पर सहेज कर रखा है।
पर ये न समझना तुम
कि दर्द दिखाने आऊँगी,
सब सह कर जीना है
उम्र भर मैं सह जाऊँगी।

मिटा दे नामोनिशान

सुलगता धुंआ और
वजूद खोता परवाना
दोनो मुझे मंजूर नहीं,
जलता, दहकता
अंगारा मंजूर है मुझे।
गर धुंआ है तो,
उड़ता फिर बादल में,
गर आग है तो
दे तपिश बदन को।
जल जाए मन
पिघल जाए तन,
आग कहूँ मैं तुमको
या कहूँ धड़कता ज्वाला।
पिघला दे ये वजूद
मिटा दे नामोनिशान,
मेरा तन-मन दोनों
तू आज खुवार कर दे।

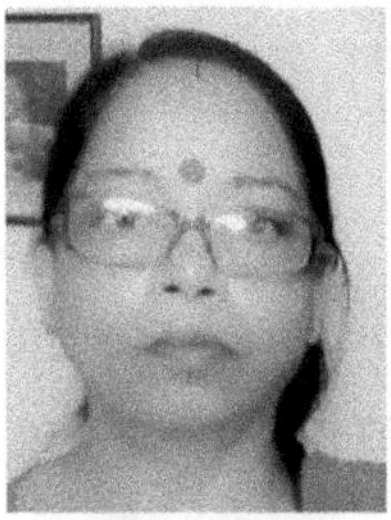

प्रज्ञा जैमिनी

दिल्ली

अपनी जिंदगी को दूँगी एक नया ख्वाब

अपनी जिंदगी को दूँगी एक नया ख्वाब
भले ही इसमें किसी का न हो साथ
अब नहीं रहूँगी बंद गंधहीन किताब सी
बुझी, टूटी, बिखरी सूखे गुलाब सी
अपनी मुरझाई कामनाओ को दूँगी शबाब।
मेरा 'चीरहरण' कर मत समझो मुझे बेचारी
तेजाबश से दागदार होकर भी मैं नहीं हारी
तुम्हारे 'अहं' का मैं बनूँगी अटल जवाब।
रिश्तों को सहेजना ही नही मेरा काम
बंधन तोड़ भरूँगी मैं स्वछंद उड़ान
अपनी जिंदगी को दूँगी मैं नया आगाज।
अपने दर्द की करूँगी नहीं कभी नुमाइश
दर्द को दंश दे पूरी करूँगी मैं अपनी ख्वाहिश
अडिग खड़ी रहूँगी, अपनी हिम्मत पर कर विश्वास।

डॉ. सरिता देवी शुक्ला

अभिशाप कौन..?

कमला चीखकर बोली, पागल हो गई हो क्या? अरे, इस नागिन ने मेरे बेटे को डस लिया। आते ही निगल गई उसे। अभी दो वर्ष ही हुए मेरे बेटे को गए, और तुम इस अमंगली का ब्याह करोगी? ये कुलटा है अभिशप्त है, अब इसका व्याह करके किसी और का घर बर्बाद करना है? विधवा है ये, इसका मुँह देखना भी पाप है। इसका ब्याह करोगी? अब यह इसी घर मे रहकर हम सबकी सेवा करेगी, तभी उस जन्म में सधवा बन पाएगी। वरना जन्म जन्म तक दुख भोगेगी यह। इसी जन्म में कर ले प्रायश्चित तभी सम्भव है कि अपने पाप दोष से मुक्ति पा जाए और अधर्म मत करो इसका विवाह करके।

मधु ने प्यार से समझाया माँ इसमें भाभी जी का क्या कसूर। क्या कोई औरत जानबूझकर विधवा होती है। कोई जानबूझ कर बांझ होती है? किसने दिए उसे ये नाम? कैसे है वो अभिशाप? अगर पत्नी मर जाये तो पुरुष अमंगल नही होता? अभिशप्त नही होता, सिर्फ औरत क्यो? शगुन अपशगुन और अभिशाप? क्यो भाभी का जीवन खुशियो से छीन रहे हो आप।

माँ, वो एक अनहोनी थी, किसी के साथ भी हो सकती थी माँ, आज

दुनिया चाँद पर पहुँच गई, समन्दर को लांघ गई, हम मंगल अमंगल से ही मुक्त नही हो पा रहे। औरत होकर औरत पर जुर्म मत करो माँ। अभी छोटी उम्र है भाभी की, जीने दो उसे। यह कहकर सारी उम्र दासी बनाकर रखोगी? क्या मिलेगा उन्हें दुखी देखकर आपको? अपराधी वो नही हम सब जरूर बन जायेंगे माँ। अभिशाप वो नही हम सब हैं, जो एक औरत की खुशियो को समझते नही और अमंगल कहकर जीवन भर नर्क में धकेल देते हैं, सोचो माँ! आपकी बेटी शादी के तीन महीने बाद ही विधवा हो जाय, तो आप क्या करोगी? ताउम्र उसे दासी बनी रहने दोगी? पूरी उम्र भर की खुशियां रंग सब छीन लोगी? अभिशाप हूँ, अमंगली हूँ, नागिन हूँ, यही नाम दोगी मुझे? जिस दुख से आपकी बेटी दुखी होगी उस दुख से भाभी क्यो नही? कहकर मधु माँ के गले लग गई, मत करो माँ ये जुर्म हम बदलेंगे हमारी सोच बदलेंगी तभी तो लोग बदलेगे मां!! दुख देने से नही दुःख किसी का कम करने में सच्चा सुख है, सुख को पहचानो माँ। भाई के न रहने से सब दुखी हैं, आप भी मै भी पापा भी, भाभी भी। फिर सज़ा भाभी को ही क्यो? आप उनकी माँ बनकर सोचिए फिर कोई फैसला दीजिये। कहकर मधु ने माँ को सीने से लगा लिया। कमला ने कहा अरे हट पगली मेरी आँख खुल गई। मेरे हाथों फिर कोई अमंगल न हो जाये, इससे पहले मुझे तेरी भाभी के माँ बाबू को कुछ बताना है सारी खुशी अकेले ही बांट लोगी क्या? शगुन देने भी जाना है, सबको खबर देनी है। शादी की तैयारियां भी करनी है। अब मुझे समझाती ही रहोगी या भाभी को भी ये खुशखबरी सुनाएगी! कहकर कमला ने आंख में छुपे खुशी के आंसुओं को पोछते हुए कहा, जो शांति और सुकून इस फैसले से मिला, उससे पुरातन कुरिवाजों को धकेलने का अद्‌भुत साहस कर पाई। न जाने हम लोग कब इन कुरीतियों से बाहर निकलेंगे बेटी से बहु की सोच से बाहर निकलेंगे पुरुष प्रधान देश मे और कब तक नारियां कुप्रथाओं की बलि चढ़ेंगी, कभी सती बनकर कभी विधवा बनकर, कभी अपशगुनी बनकर सारी यातनाएं स्त्री को ही क्यो? सच कहा बिटिया, पुरुष को कभी कोई कुछ नाम नही देता। आज मन एक अधर्म से बच गया,और विचारों का ठहरा पानी प्रवाहित हुआ। किसी ने ठीक ही कहा है रुके और ठहरे पानी

मे कीड़े पड़ जाते हैं। मन सरिता के समान प्रवाहित होता रहे तो पवित्र भी हो जाता है, और गन्दगी को भी बहा ले जाता है।नए विचारों का उदगम ही नवीनता है वरना जड़बुद्धि हो जाते हैं, तो चलो चलो जल्दी ही इस नेक कार्य को करना है।यह कहते हुए कमला अपने कमरे में चली जाती है और मन ही मन सोचती है कि हे भगवान ये मुझसे क्या अनर्थ होने जा रहा था समय रहते ही मेरी बेटी ने मेरी आँखें खोल दी और मुझे बहुत बड़ा पाप करने से बचा लिया। अब मैं अपनी बहू की बड़े धूमधाम से शादी करूँगी सारी रस्मों रिवाज़ के साथ। और उसे एक नया जीवन दूंगी।

निक्की शर्मा 'रश्मि'
मुम्बई

एक सवाल पुछ रही- बेटी'

मां बोलो तुमने मुझे क्यों जन्म दिया
रोज खौफ में जीती हूँ
हैवानों से डर डर कर रहती हूँ
क्योंकी मैं एक बेटी हूँ?
एक सवाल पुछ रही हूँ आज
बेटी को मर्यादा का पाठ पढ़ाते सब
बेटों को क्यों भूल जाते हैं सब मां?
बेदर्दी से रौंदकर लूट ली
फिर आबरू एक बेटी की
देखो इज्जत तार तार कर दी
आज फिर एक बेटी की
कब तक बचती मैं भी माँ,
आज उसने मुझे भी डस लिया
चिल्लाई, रोई, गिड़गिड़ाई मैं भी
नोच रहे थे जब सब मेरी आबरू,
सिसक रही थी तड़प रही थी

तेरे आंचल में आने को माँ
रहम की भीख मांग रही थी
अपनी इज्जत बचाने को मैं
याद बहुत आई तेरे प्यार
भरे आंचल की मुझको
एक फरमान तुम भी सुना दो
एक सवाल का ज़वाब बता दो
कब तक जलती रहेगी बेटी?
कब तक सिसकती रहेगी बेटी?
कब तक खौफ में जीती रहेगी?
बस आखिरी यही अब इच्छा है मेरी
नहीं चाहिए वो सम्मान जो
एक दिन का मोहताज हो
दें सको तो दे दो वो मान
जो बेटी के सर का ताज हो

संध्या बक्शी
जयपुर

जाड़ों की धूप (कहानी)

अंजली ने यह विवाह, सिर्फ और सिर्फ, दीपमाला के लिये किया था। प्रदीप की दूसरी पत्नी कहलाना, अंजली को इतना बुरा नहीं लगता था लेकिन अगर कोई उसे, दीपमाला की दूसरी माँ कह दे, तो वह अंदर तक सुलग जाती थी। हफ्ता भर पहले ही अंजली और प्रदीप का विवाह, कोर्ट में बड़ी सादगी से सम्पन्न हुआ था।

बड़ी बहन मालिनी, का सड़क दुर्घटना में आकस्मिक निधन, ने दो परिवारों को दुख की खाई में धकेल दिया था। अंजली ने, अपने जीजाजी, प्रदीप से विवाह के लिये, 'हाँ' कह कर सभी को इस दुख से उबारा था।

परिवार वालों ने अंजली पर कोई दबाव नहीं डाला था, विवाह के लिये। बस, साल भर की भांजी, दीपमाला में इतना मोह पड़ गया था कि, वह ना नहीं कह सकी। स्वयं अंजली ने ही उसका यह नाम सुझाया था। प्रदीप और मालिनी के नामों को जोड़ कर ही बनी थी यह नन्ही 'दीपमाला'।

दोनों परिवारों में शोक व्याप्त था, इसीलिए बिना किसी आडम्बर के, प्रदीप और अंजली का विवाह कोर्ट रूम में ही सम्पन्न हो गया। और वे लोग उदयपुर आ गए। यद्यपि यह विवाह सादगीपूर्ण हुआ, किन्तु संतोषी ने नववधू का स्वागत, सारे रीति रिवाजों से किया।

प्रदीप और अंजली की उम्र में आठ साल का अंतर था। कुछ उम्र की

परिपक्वता, कुछ अंजली के अहसानों का बोझ, और मालिनी की स्मृतियां, प्रदीप को अंजली के करीब आने से रोकतीं थी।

अंजली ने भी तो, स्वयं को बिसरा ही दिया था जैसे। न नवविवाहिता जैसा श्रृंगार, न पति से कोई हठ या मांग! ...वो माँ जो बन चुकी थी। उसका सारा दिन दीपमाला को संभालने में ही व्यतीत हो जाता था। और रात में भी सारा वात्सल्य और प्रेम उसी पर लुटा देती।

'बिटिया, ...सारा दिन ये टी शर्ट, और लोअर पहने रहती हो, ...भैया जी के आने का टेम हो रहा है, कोई अच्छी सी साड़ी पहन लो। 'संतोषी ने समझाया।

'... नहीं अम्मा! दीपमाला के साथ, साड़ी में बहुत उलझन होगी। कहीं कोई, पिन विन चुभ गई तो? मैं ऐसे ही ठीक हूँ।' 'रानी बिटिया, साड़ी नहीं तो कोई सूट ही पहन लो, काजल बिंदी लगा लो। दीपमाला की माँ होने के साथ साथ, भैया जी की पत्नी भी तो हो' संतोषी के हठ करने पर, अंजली ने सूट पहन लिया। और हल्का मेकअप कर लिया।

उस दिन प्रदीप उसे देख कर मुस्कुराए थे। उसके सर पर प्यार से हाथ फेर कर बोले, 'अच्छी लग रही हो अंजली, ऐसे ही खुश खुश रहा करो' जीवन के अनुभव से, संतोषी भी अपनी तरफ से खूब जतन करती, कि दोनों में दूरियाँ कम हों।

कभी अंजली की केश सज्जा कर देती। कभी हाथों में मेहंदी काढ़ देती। ...किंतु दोनों के बीच की दूरियां जस की तस बनी रहीं।

'....भैया जी कल अंजली बिटिया का जन्मदिन है। थोड़ा जल्दी आकर..., कहीं घुमाने ले जाना' 'ओह!...अच्छा याद दिलाया अम्मा आपने, मैं कल छुट्टी ही ले लेता हूँ।

'रात भर दीपमाला सोई नहीं। सारी रात मान मनुहार करते करते बीत गई। ....माँ बेटी, सुबह देर तक बेसध सोई हुई थीं। प्रदीप ने सुबह की चाय बनाई और हौले से अंजली को जगाया।

'हैप्पी बर्थडे अंजली' 'ओह! थैंक यू। ....आपने चाय बनाई? मुझे जगा लिया होता, ...या अम्मा को बोल देते।'

दोनों चाय का कप उठाए, बालकनी में बैठ जाते हैं। जाड़ों के मौसम मे गुलमोहर से छनकर आती धूप बहुत ही सुहावनी लग रही थी। बालकनी सुंदर गमलों से सुसज्जित थी। गुलाब के पौधों में, अधखुली कलि, सूरज की ऊष्मा पाने के लिये, सम्पूर्ण डाली को बाहर की ओर झुका रही थी। ...और सूरज तो बस गुलमोहर की ओट से झांक कर ही संतुष्ट था।

'कुछ कहिये ना, क्या सोच रहे हैं?'

'सोच रहा हूँ, क्या तोहफा दूँ तुम्हें'

'कुछ नहीं! ...सब कुछ है मेरे पास।'

'....क्यों इच्छाओं का दमन करती हो अंजली? ...जब तक तुम खुल कर बोलोगी नहीं, मैं जानूँगा कैसे?'

अंजली चुप रही। ....अब सूरज गुलमोहर की ओट से बाहर निकल कर, कली को खिलाने के लिये सम्पूर्ण ऊष्मा और ऊर्जा दे रहा था।

'...बोलो ना अंजली, क्या चाहिये तुम्हें?'

'....दीपमाला के सारे खिलौने पुराने हो गए हैं, अब वह उन से नहीं खेलती। आप उसके लिये, ...एक सजीव खिलौना ले आइये,... बस और कुछ नहीं। 'अटकते हुये, आँखों में अश्रु रोक कर बड़ी मुश्किल से कह पाई थी वो।

'.... इतनी सी बात कहने में कितनी देर लगा दी अंजली। सच! तुम्हारी कसम ....मैं भी यही सोच रहा था, ...और मैंने तो नाम भी सोच लिया उसका, 'प्रांजल'! ....प्रदीप और अंजली का प्रांजल!, हमारी दीपमाला का छोटा भाई !'

'प्रांजल! ....बहुत प्यारा नाम है।'

लंबी प्रतीक्षा के बाद, प्रदीप का प्रेम पाकर फफक कर रो पड़ी अंजली। प्रदीप ने उसे आलिंगन में भर लिया। वक्त की मार से मुरझाए दो दिलों का, आज मधुर मिलन हुआ। जाड़ों की नरम धूप ने मन, पर जमी सीलन को पल भर में सोख लिया।

अब वहाँ, सूरज की सम्पूर्ण गर्माहट थी,.... वो अधखुली कली,... कुछ और खिल गई थी।

पूनम झा
कोटा, राजस्थान

गोपाल की माँ विमला

गोपाल की मां विमला आज सुबह से ही कुछ जल्दी में थी बैंक जो जाना था बेटे (गोपाल) को रुपये भेजने हैं। आखिर आज ५ तारीख हो गया, सन्नी (पोता) के स्कूल की फीस जमा करने की अंतिम तारीख में दो दिन ही शेष है। तैयार होकर सोची कि कौन रिक्सा करे बहुत पैसा मांगता है। पैदल ही खेत के रास्ते से चलती हूँ दस मिनट में बैंक पहुंच जाऊंगी। रास्ते में खेतों की बंजर जमीन को देखते हुए सोच रही थी कि 'कितना हरा-भरा खेत रहता था। फसल से लहलहाता रहता था। मगर अब सूखी धरती!!.....।'

तभी घिसी हुई हवाई चप्पल के बीच से उसके पैर में काँटा चुभ गया और अनायास दर्द भरी आवाज उसके मुंह से 'ओहे...!!'

फिर बुदबुदाती हुई विमला -'गोपाल को कितनी बार समझाया है कि जिस स्कूल में इतना अधिक फीस लगता है वहां मत पढाओ।

माना कि मुम्बई में सब कुछ महंगा है। लेकिन चादर देख के पांव फैलाना चाहिए', पर वो समझता कहाँ है। अब मैं कार्यरत नहीं रिटायर्ड हूँ। पेंशन से मैं भी क्या-क्या करूँ? पेंशन का आधा पैसा तो उसे ही भेज देती हूँ। बाकी जो बचता है वो तो राशन और बिजली में ही खर्च हो जाता है। मैं कुछ खरीदूं भी तो कैसे? पता नहीं कब समझ आएगा उसे? विमला को

लगा धरती माँ ने जैसे कहा कि- 'उसे कभी समझ नहीं आएगी। तुम देती रहो वो लेता रहेगा। हाँ तुम्हें जरूर समझ आएगी, जब तुम चल फिर नहीं पाओगी। और....।'

विमला बहुत ध्यान से उस बंजर जमीन की दरारें को देखने लगी मानो वो कराह रही है और अपनी दशा से उसका भी आगे होने वाले परिणाम दिखा रही है।

विमला पैर से कांटा निकाल कर वापस घर की तरफ मुड़ गई।

भावना गौड़

लखनऊ

जी नहीं, यह अत्याचार नहीं

कोई परिचित घर आए, तो घर में उपस्थित सदस्य उसे मुस्कुरा कर बैठने को कहें और जलपान लाकर दें, तो यह सामान्य शिष्टाचार का नियम है लेकिन यदि यही आगंतुक पति हो और घर में उपस्थित सदस्य उसकी पत्नी हो, तो बात महिला अधिकारों की आ जाती है।

यूँ तो यह बात पति पत्नी के बीच भी सामान्य शिष्टाचार की ही रहती, यदि पत्नी के अधिकार और कर्तव्य घर तक ही सीमित रहते और पति के अधिकार और कर्तव्य पारिवारिक दायित्वों की पूर्ति हेतु धनोपार्जन तक। लेकिन आज पत्नियां घर की चारदीवारी से निकल कर बाहर की दुनिया में कदम रख चुकी हैं, ऐसे में यदि पति घर पर हो और थकी-हारी पत्नी बाहर से आए, तो उसे भी सामान्य शिष्टाचारवश प्यार से बिठाकर जलपान देना चाहिए, लेकिन यहां पति इसे सामान्य शिष्टाचार न मानकर अपना अपमान समझ लेता है।

दरअसल भारतीय समाज में पुत्रमोह इतना अधिक होता है कि बेटे के जन्म के साथ ही पूरा परिवार उसे हाथों हाथ लेता है। बेटे की छोटी से छोटी ख्वाहिशें भी पूरी करने में माँ बाप को बड़ी संतुष्टि मिलती है। बेटे

को खुद के काम करना ही बहुत कम परिवारों में सिखाया जाता है, तो किसी और के लिए खासतौर पर उसकी पत्नी के लिए कुछ करना सिखाए जाने की तो बात सोची ही नहीं जा सकती। अतः अपनी पत्नी के लिए कुछ भी करना उसे नागवार गुजरता है। जो पुरूष लीक से हटकर अपनी पत्नी के सुख दुःख का खयाल रखने में दुनिया की परवाह नहीं करते, उन्हें 'जोरू का गुलाम' कहकर मज़ाक उड़ाने से भी लोग बाज नहीं आते।

भारतीय परिवारों में एक ज़माने तक बेटे को इसी मानसिकता के साथ पाला गया है कि वह और उसकी पत्नी उनके बुढ़ापे का सहारा बनेंगे। कमोबेश बेटी से ऐसी उम्मीद नहीं की जाती, बल्कि बेटी के मामले में तो स्थिति इसके विपरीत ही होती है। उसे पराई अमानत मानकर दूसरे के परिवार के साथ सामंजस्य बिठाने की शिक्षा बचपन से ही दी जाती है। क्या कहा? आप अपने बेटे और बेटी के बीच ऐसा पक्षपात बिल्कुल नहीं करते। आपके लिए बेटा बेटी एक समान है? तब तो आप अपनी बेटी को शिक्षित करने के साथ साथ उसे आत्मनिर्भर भी बनाने में पूरा सहयोग दे रहे होंगे। फिर आपकी बेटी किसी तरह की ज्यादती और जुल्म बर्दाश्त नहीं करेगी। यदि आप अपने बेटे एवं बेटी को आत्मनिर्भर बनाने में समान रूप से ेतसंकल्प हैं तो आप समाज के नवनिर्माण में महती भूमिका निभा रहे हैं, लेकिन बेटी के साथ साथ बेटे को भी सभ्यता और शिष्टाचार का पाठ अवश्य पढ़ाएं।

एक अरसे से बसी हुई मानसिकता रातों रात तो नहीं बदली जा सकती लेकिन बदलाव की दिशा में कदम अवश्य उठाया जा सकता है और बड़े से बड़ी यात्रा पूरी करने में इन छोटे छोटे कदमों का योगदान बेहद महत्वपूर्ण होता है। अतः बेटे और बेटी को समान रूप से एक दूसरे के प्रति सहयोग का भाव रखना सिखाएं। एक दूसरे की भावनाओं का खयाल रखने में सामंजस्य दोनों को ही बिठाना पड़ेगा। ऐसे में हो सकता है कि वर्चस्व तो किसी का भी न हो पाए, लेकिन प्रेम और सौहार्द का वातावरण अवश्य ही परिवारों में बढ़ेगा। कभी पत्नी पति के कपड़े प्रेस कर दे तो कभी पति पत्नी

का मनपसंद नाश्ता तैयार कर दे। यकीन मानिए इन्हीं छोटी छोटी बातों से जीवन खुशियों से भर उठेगा। यह दोनों ही पक्षों के लिए प्रेम और सौहार्द में बढ़ोतरी करेगा। अब भी आपके मन में कोई शंका है कि बहू आराम से सोती रहे और बेटा उसके लिए बेडटी बनाए तो यह आपके बेटे पर अत्याचार है? 'जी नहीं, यह अत्याचार नहीं है।

मीनाक्षी मैनन
होशियारपुर

बचपन का खालीपन

दुकान से कुछ लेकर निकली तो
बहुत जल्दी में थी
घर पर मेहमान आए हुए थे
कुछ सामान की जरूरत आन पड़ी थी
एक गुब्बारे बेचने वाली बच्ची ने
दुपट्टा खींच लिया
'ऐ आंटी गुब्बारा ले लो ना- दस का है'
जाने क्या था उसकी आवाज में
जिसने बरबस ही मेरा सारा ध्यान,
अपनी ओर था खींच लिया
सोचा भीख मांगने वाले हाथों से
कहीं अच्छे हैं यह कमाने वाले हाथ।
क्यों ना इनका हौसला बढ़ाने को
दो पल रुक जाऊं इसके साथ,
दस रुपए थमा के उसको
गुब्बारा ले लिया उससे

खिल उठे उसके नयन बुझे-बुझे
'देखो गुड़िया, मेरे घर में कोई छोटा बच्चा नहीं है
'सो तुम ही रखो यह गुब्बारा,
मेरी ओर से तुम ही खेलो'
'ऐ आंटी, !!
गुब्बारा ले लो अपना-मेरे पास टाइम नहीं है खेलने का'
जल्दी से गुब्बारा उसके हाथों में छोड़,
चली आई मैं।
कैसे बताती उसे -मुझ में हौसला नहीं है,
उसके नन्हें बचपन का खालीपन झेलने का।

हर्षा मिश्रा (शिक्षिका)
रायपुर, छत्तीसगढ़

रेत सी बिखरी पड़ी हूँ।

आकर मुझे समेट लो।
समीप सरिता, उथली मृदा हूँ,
एक प्रेम -पौध रौप दो।
पतझड़ की सूखी पात सी मैं,
नीर- निर्मल सौंप दो।
वर्णों में कर्क-सी ध्वनि मैं,
मुझमे... का अलाप दो।
मैं तमस में लिप्त वृत्ताकार -सी हूँ,
तुम किरण बन मुझमे उत्तम चाप दो।
बेसबर मैं धार सरिता,
मुझमे सब्र का एक बांध दो।
शीत में भी शुष्क -सी हूँ,

नेह बन कर, ठंड का अहसास दो।
उर से समर्पित प्राण तुम पर,
तुम भी तो मन से साथ दो।
तप रही हूँ, ज्वर से बिल्कुल।
दवा प्रेम -रस घोल दो।
सौ गलतियां, जो मैंने कर दी,
बस! एक माफी दान दो।
व्यंग बाण कस रहे सब,
तुम प्रेम -शब्द वार दो।
एक अरसा बीता, तुझको देखे,
एक झलक देकर तार दो।
कर रही हूँ याचना मैं,
सब गीले शिकवे त्याग दो।
बढ़ रही हैं सांस मेरी,
के कब घट न जाए ! मिल भी लो।
हे! नाथ मेरे मिल भी लो।

रश्मि लता मिश्रा
रायपुर, छत्तीसगढ़

स्त्री विमर्श (विभिन्न पहलू)

'यत्र नार्यस्तु पूज्यन्ते, रमन्ते तत्र देवता'

उपरोक्त पंक्ति प्राचीन काल की नारी की स्थिति व स्थान को स्वयं निर्धारित करती है कि किस प्रकार नारियां पूजनीय श्रद्धा का पात्र थी। गुप्त जी के अनुसार-'नारी तुम केवल श्रद्धा हो,

विश्वास रजत नभ पग तल में,
पीयूष स्रोत सी बहा करो,
जीवन के सुंदर समतल में।

देखिए धीरे-धीरे सम्मान के साथ-साथ अबला का प्रतीक चिन्ह होने में देर नहीं लगी और वे अबला भी कहलाने लगी क्योंकि मुगलकालीन आक्रमणों के समय जब मुगलों का रवैया-

'जेहिकी बेटी सुंदर देखी,
तेरी घर जाए धारी तलवार'

वाला देखा तो हिंदुओं ने उनकी सुरक्षा की खातिर उन्हें पर्दे में जकड़

दिया और भी घर की चौखट तक सीमित रह गई बावजूद इसके पद्मावती की सुंदरता की चर्चा सुन प्रतिबिंब मात्र देख चित्तौड़ पर आक्रमण और अंत में जौहर तक की घटना का तो हमारा इतिहास गवाह है ही किंतु धीरे-धीरे यह सुरक्षात्मक प्रथा कुप्रथा में बदलती चली गई और आजादी के ७० वर्षों बाद भी आज भी कई क्षेत्रों में अपना वर्चस्व जमाए नारियों के विकास में बाधक बनी खड़ी है।

प्रथम महिला राष्ट्रपति प्रतिभा पाटिल प्रथम यूनिवर्स सुष्मिता सेन विश्व सुंदरी रीता फारिया चिकित्सा के क्षेत्र में कादंबिनी गांगुली खेलों में कमलजीत सिंधु वर्तमान में सानिया मिर्जा मैरी काम प्रथम सर्वोच्च न्यायालय महिला न्यायाधीश मीरा साहिब फातिमा बीबी आईपीएस किरण बेदी नोबेल पुरस्कार में देविका रानी महिला सांसद राधाबाई मुख्यमंत्री सुचेता कृपलानी प्रथम पर्वतारोही बछेंद्री पाल तो प्रथम भारत रत्न इंदिरा गांधी, ग्रैंड मास्टर भाग्यश्री इनके अलावा वर्तमान में नीता अंबानी, सुषमा स्वराज शोभना भारतीय एकता कपूर शिखा, शर्मा नीलम धवन, अरुंधति राय व हाल ही में लोकसभा में अपना पहला बजट प्रस्तुत करने वाली निर्मला सीतारमण जैसी महिलाएं देश के विकास में पूर्णता भागीदारी निभा रहे हैं साथ ही देश इन पर गौरवान्वित है।

सिक्के के दूसरे पहलू की भांति अबला समाज आज भी नारियों पर अत्याचार ओं की संख्या समाप्त नहीं हुई है आए दिन दहेज प्रताड़ना के कारण आत्महत्या या हत्या या घृणित मानसिकता के चलते निर्भया कांड तो अभी हाल में छोटी छोटी बालिकाओं के साथ घटी शर्मनाक घटनाएं कुत्सित मानसिकता का प्रमाण है। इसीलिए नारियां आजकल जूडो कराटे व अन्य सुरक्षात्मक उपायों की भी शिक्षा ले रही हैं जिससे वह वक्त आने पर ऐसी समस्याओं से अपना सामना कर सकें।

एक बात जो बड़ी तेजी से आजकल फैल रही है जो परिवार की दृष्टि से अत्यंत विचार नहीं है वह किनारी यह संपूर्ण सृष्टि परिवार का आधार है उसी की त्याग व मेहनत से समाज का ढांचा और परिवार का ढांचा सुरक्षित

रहता है किंतु कारणवश यदि जाने अनजाने वह पथभ्रष्ट हो कर चले तो समाज में विघटन उत्पन्न हो जाता है। जिसकी शुरुआत संयुक्त परिवार के विघटन से शुरू हो चुकी है तो एकल परिवार भी कौन सी सुखी है।

महिला कानून के दुरुपयोग के उदाहरण आए दिन आज लोक अदालतों में छाए हुए हैं, जहां निर्दोष परिवारों पर भी गलत आक्षेप लगाकर उन्हें परेशान किया जा रहा है। मोबाइल का सबसे ज्यादा दुरूपयोग नव नव विवाहिता व उसके मायके से होने का प्रचलन भी चल निकला है। हर घर में होने वाली छोटी से छोटी बात प्रतिदिन मोबाइल पर शेयर करना फिर क्रिया प्रतिक्रिया फिर परिणाम......

एक तरफ जब नारियां स्वयं को अबला कहलाने में अपमानित महसूस करती हैं तो दूसरी ओर छोटी-छोटी समस्याओं से घबराना क्यों?

इसके अलावा एक नया अध्याय मी टू खोला गया जिसमें जानी-मानी हस्तियों द्वारा जानी-मानी हस्तियों पर ही बड़े-बड़े इल्जाम लगाए गए, आरोप प्रत्यारोप का दौर शुरू हुआ कुछ की समस्याएं हल हो गई और कुछ अभी समस्याओं के घेरे में फंसे हुए हैं।

पर एक बात समझ में नहीं आई कि जब अपराध हुआ तब चुप्पी क्यों? कोई भी बात यदि समय पर ना कहीं जाए तो उसका वजन अपने आप कम हो जाता है। काम हो जाने के बाद लकीर पीटने से कोई लाभ नहीं।

अतः नारियों आप सदा से सम्मानित, पूजनीय सब ला रही हो अपने को न कमतर आंकों ना किसी को आंकने दो ना ही झूठी शान या कैरियर हेतु ऐसा कदम न उठाओ जो जीवन भर पछतावे का सबब बने, प्रतिभा भी की मोहताज नहीं (अंगारा राख में छुप सकता है किंतु बुझ नहीं सकता) आगे.........

गंगोत्री मिश्रा

रायपुर, छत्तीसगढ़

हम पलाश हैं

यह समय नहीं है सजने-संवरने का
सखियों
अब भूल जाओ
सावन में झूले झूलना
हाथों की मेहंदी में प्रियतम का नाम लिख
सपने सजाना
जंगल में उगे पेड़ों की तरह हैं हमारे सपने
कोई सींचेगा नहीं
किसीकी शुभकामना नहीं होगी हमारे साथ
कोई नहीं करेगा व्रत
हमारे दीर्घ जीवन में लिए
झाड़-झंखाड़ के बीच ही पनपना है हमें
पलाश की तरह
वैशाख में भी लहलहाना है सखियों
बरगद को बताना है कि
अब उसकी छाया तले
अंगुल-भर की होकर जीना
हमें स्वीकार नहीं
हम पलाश हैं।

प्रतिमा त्रिपाठी

झारखंड

स्वंगसिद्धा

उठी हूँ सौ सौ बार मै गिरके
हँसी हूँ खुद के आँसू तज के।
शीशा नही जो चूर हो जाऊँ,
संघर्ष पथ पे अड़ी हूँ डट के।

जख्म बहुत है गहरे पाये
आरोप पृष्ठ पर छप कर आये।
बड़ी मुश्किल से ये गुरुर मिला
कोई दाग नही जो धुल जाये।

हौसलों ने है हाथ ये पकड़ी
चुनौतियाँ थी निर्ममता से अकड़ी।
साहस नही कोई डिगाने पाया

कर्तव्य बोध की भाव थी तगड़ी।
मै पात्र नही किसी कथा की
स्वंग में द्वंद हूँ निरा व्यथा की।
ईश कला की प्रसाद तुक्ष मैं
ना कलुष कलंक किसी प्रथा की।

अविरल बहती प्रेम की वाहिनी
ममत्व भाव सदा प्रदायिनी
कोई आखर नही रेत पर लिखी
जिसे लहर मिटा दे कोई उन्मादिनी।

कल्याणी झा
गुवाहाटी, असम

मुक्ति की आकांक्षा

घायल मन का कातर पंक्षी
उन्मुक्त, गगन में उड़ना चाहे,
ना जाने कितने ख्वाब हसीं
मन पिंजरे में कैद पड़े,
कभी कुछ चंचल, कभी बैरागी,
कभी मरुस्थल, कभी उपवन सा,
कभी कांटे तजकर खिले फूल सा
हैं निर्मल, शीतल, कोमल सा मन,
ना जाने कितने ख़्वाब हसीं
मन पिंजरे में कैद पड़े
कभी गुमसुम, कभी शोर करूँ
मैं कुंठित हूँ, मैं व्यकुल हूँ,
अस्तित्व मेरा क्यो धूमिल हैं

मुझे बन्धन से आजाद करो,
ना जाने कब से मैं ख्वाब हसीं
मन पिंजरे में कैद पड़ा
कुछ टूट गये, कुछ रुठ गए,
कुछ बह गये अश्रधारा में
ना जाने कितने ख़्वाब हसीं
मन पिंजरे में कैद पड़े।

मंजु सिंह मरालिका

हे कवि!

निज कविता से तुम
भावों के ऐसे चित्र उकेरो,
जिससे जन जन की हृद तंत्री
झंकृत हो जाए,
भयाक्रांत वसधा का आंगन
मानवता के सुमनों से भर जाए,
दिखे न कहीं आछन्न अंधेरा
फैला हो हर ओर सखे !
स्वर्णिम उज्ज्वल पूत सवेरा,
भारत के आंगन में चहुदिशी
बहती शीतल मलय पवन हो
आंधियां स्वार्थ की लय हो जाएं,
मानव - मानव का बैर दूर हो
मानवता से भू नभ आपूर हो
राम ेष्ण की इस पावन वसधा पर
हर प्राणी खुशहाल हो,
हे कवि! निज कविता से तुम
भावों के ऐसे चित्र उकेरो।

डॉ. भारती वर्मा बौड़ाई

उड़ान

ओढ़ ली हैं
जिम्मेदारियाँ कुछ
इस तरह जीवन की
लगता है जैसे
कैद हूँ किसी
पिंजरे में,
दिखता है
बस उतना ही आकाश
जितना पिंजरे से
दिखाई देता है,
उड़ान भरना चाहती हूँ
अपने क्षितिज को

छूना चाहती हूँ
पर क्या करूँ
उन बेड़ियों का,
जिनके लिए बाँधी हैं
वे उन्हें और कसते जा रहे,
नहीं रुक सकती अब
तोड़ कर पिंजरा
भरूँगी उड़ान
खुले आसमान में,
लौटूँगी अपने मन से
घोंसले में अपने।

कुमारी रौशनी

दरभंगा

हमने देखे है (कविता)

जिन आंखों से तुम डरते नहीं
उन आंखों में आंधी का मंजर देखें है,
तुम झील कहते हो
हम समंदर देखे है।
आ जाएगी जब तूफां इनमें
समेट लेगी सब आगोश में
तुम इन्हें कमजोर कलियां कहते हो
हम इनमें गुलिस्तां महकाने वाले फिरदौस देखें है।
इनका दामन कोरा है
ये कालिख गैर का ढ़ोती है
तुम जिसे खेलकर
चिथड़े करने चले हो
उसी आंचल में हमने
मोहब्बत और बवंडर देखें है।
फब्तियां कसने वाले इनके चाहत पर
कभी खुद के अंदर तो झांको
जिस कोख पर तुम ऊंगली उठाते
उसमें पलते हमने सिकंदर और कलंदर देखें है।

शिवानी वर्मा
पश्चिम बंगाल

सुरक्षा फिर शिक्षा

काम पर जाती हुई तुलसी को रास्ते में, स्कूल के मास्टर साहब मिल जाते हैं। वह गाड़ी रोककर तुलसी से पूछते हैं 'आजकल केसर स्कूल क्यों नहीं आ रही है। क्या उसकी तबीयत नहीं ठीक है???'

'तबीयत तो ठीक है मास्टर साहब'

'तो फिर स्कूल क्यों नहीं आ रही है?? पढ़ाई का हर्जा हो रहा है। उसको पढ़ाओ-लिखाओ!!! शिक्षित बनाओ... क्या अपनी ही तरह घरेलू कामकाज में लगाओगी।' 'ऐसी बात नहीं है मास्टर साहब। हम खुशी से तो ये सब करते नहीं हैं। दोनों मियां-बीवी मेहनत-मजदूरी करते हैं, तब कहीं जाकर घर चलता है और साथ में बिटिया की पढ़ाई....पर आजकल का माहौल तो आपको पता ही है। हमारे जाने के बाद बिटिया घर पर अकेली रहती है। इसलिए कुछ दिनों से हम उसको सुबह-सुबह घर के पास बने पार्क में लेकर जाते हैं, जहां बहुत से बच्चे जूडो-कराटे सीखने आते हैं। अब हम गरीब इतनी फीस देखकर बिटिया को ये नहीं सिखा सकते पर हां बिटिया वहां देख-देख कर हाथ-पैर चलाना जरूर सीख रही है। कम से कम हाथ पैर मारकर अपनी सुरक्षा तो कर सकती है।' चलते चलते वो बोली 'मास्टर साहब जब बिटिया सुरक्षित होगी तभी तो शिक्षित होगी।' तुलसी ने जैसे मास्टर साहब को आईना दिखा दिया हो कि स्कूल में सुरक्षा की शिक्षा भी जरूरी है।

डॉ. नीना छिब्बर

टिशू कल्चर

पराकाष्ठा है यहाँ टिशू कल्चर की
घर से कार्यालय तक
विधालय से विश्व विधालय तक।
सब के जीवन का आम हिस्सा है टिशु पेपर
दिनचर्या के आरंभ से रात के आगोश मे सोने तक
खाना पीना, हँसना रोना, झीकना, खासना ही नही
श्रमसिक्त बूँदें भी इसी मे खो जाती है।।

अवांछनीय है यहाँ लाड मे भी
माँके आँचल से हाथ पौछना
बेख्याली मे भी शिशु करता नही
माँ के वस्त्रों को गंदा टिशू बंडल है सहारा।।

सीखाया जाता है जन्म घुटी मे ही टिशू कल्चर
टिशू सोख लेता है हर एहसास
गंध का, नेह का, मोह का, आँसुओं का
सजावटी बनावटी, सादे, रंगीन, मिलते हर रूप मे
रहते हैं घर के हर कोने मे सभ्यता दिखाने के लिए
यूज़ एंड थ्रो का कल्चर जहाँ होता है
वहीं पर तीसरी दुनिया की आँखे खुलती हैं।।

रजनी सिंह

बड़कीमाय (आलेख)

गोबर लीपे आंगन के चौतरफा बने कच्चे मकानों वाले पुराने समय में अक्सर दहलीज के अंदर की औरतों में से किसी एक को खासमखास ओहदा प्राप्त होता था 'बड़कीमाय' का। ये बड़कीमाय घर के चुल्हे-चौके से ज़रा कम ही मतलब रखा करती थी। इनकी जिह्वा पर रणचंडी का वास सदैव ही रहा करता था। घर के बच्चों को कठोर अनुशासन में रखना व उनकी निरीह मांओं को जली-कटी सुनाने में विशेष दक्षता हासिल होती थी।

उपर से नारियल की तरह कठोर होते हुए भी ममता का मीठा पानी इनके अन्दर भी ठाठें मारा करता था, मसलन घर में अगर कोई बच्चा बिमार हो जाए तो घरेलू नुस्खे से लेकर चौक के डाग्दर बाबू, चौघटिया के बाबा हज़ारीनाथ से लेकर छठी मैया तक सबके दुआरे पर अरज कर मन्नत मांगने काम इन्हीं का होता था।

इन सब मुश्किल और अनिवार्य कामों के बीच 'डायन भरौली बाली' को निर्बाध गति से कोसना और पढ़े लिखे देवर से छुपा कर गुप्त-मार्ग से किसी "सक्खर मंतरिये" का झाड़ा भी लगवा दिया जाता था। अर्थात चारों तरफ से चाक-चौबंद।

नई मां के सौरे में बेस्वाद खाना और तमाम हिदायतों के साथ कभी-कभार अपने खोंयछे से हरी मिर्च बिना किसी शको- शुबहे के औदात्य भरे कौशल के साथ पहुंचा आती थी ये बड़कीमाय।

अक्सर ताजिया के मेले पर उनकी उदारता बच्चों को अनूठी ख़ुशी दे जाया करती थी, जब उमर के हिसाब से चारआने, आठ आने और एक रुपए तक मिल जाए करते थे। बड़कीमाय की इस कठोर उदारता के लिए बच्चों को लम्बा इन्तजार करना पड़ता था।

साल भर का अचार, मुरब्बा, बड़ियां,पापड़ वैगरह उनके वाक्चातुर्य और बीड़ी-सुपारी के सामान्य उत्कोच से ही महिला दल द्वारा हल कर दिए जाते थे। इस प्रकार बड़कीमाय अपने नाम के अनुरूप ही मरणपर्यंत उच्च सिंहासन पर पदासीन रहा करती थी।

पर, हाय रे!!!

नए जमाने का नया फैशन!

न अब पहले से कच्चे मकान रहे और ना ही उनमें दप-दप करते भुवनजयी परिवार।... एकल परिवार के समीकरण ने बडकीमाय की सत्ता ही पलट कर रख दी।

अब परिवार की किसी भी स्त्री को यह ओहदा हासिल नहीं होता.............. शायद नयी खेप की आंटियों को ओल्ड फैशन्ड बड़कीमाय कहलाना कतई गवारा नहीं।

सुजाता कुमारी

भागलपुर

शब्दों का गुलदस्ता

कुछ नहीं है आज मेरे शब्दों के गुलदस्ते में
आहत हूँ ...आज फिर बेटियों की बेबसी से
कब तक बाँधोगे, मुझे मेरी खामोशियों से
ऊफ! कैसा पाषान.. हृदय तुने पाया है रे
आज तू बोल, रे! पतीत जालिम बदहवसी
आज क्यों? खामोश है, ...मर्दों की मरदानगी
फूल सी बच्ची पर आजमाइस करते मर्दानगी
जिस दिन खुलेगी मेरी तपती धधकती आँखें
पृथ्वी शून्य हो जायेगी पिता पुत्र और भाई से
इस लिए, भीतर की आँसुओं से नित्य नहाती
ताकि बचे ....रहे मेरे पिता, पुत्र और भाई रे
मुझे कमजोर मत समझो रे.! जालिम बदहवसी
मैं वो चिन्गारी हूँ उडूगी तो आग लगा दूंगी रे
बस खामोश हूँ, पढ़ो, पढ़ो मेरी खामोशियों को
कुछ नहीं है आज मेरे शब्दों के गुलदस्ते में
बस तुझ से निवेदन है मेरी जी लेने दो बेटियों को
संवरने दो मुस्कुरा ने दो मेरे शब्दों के गुलदस्ते को

शोभा मधवाल
मयूर विहार

पश्चाताप

पश्चाताप करने की ज़रूरत केवल उन्हें,
जिन्होंने सोचे समझे बिना काम किए।

जो फूँक-फूँक कर कदम बढ़ाता हो,
उसे अपने किए पर क्यों अफ़सोस हो?

जो अविवेकी बहकावे में आकर कर्म करता,
उसे हर गलत निर्णय पर पछताना पड़ता है।

हे मनुज अपनी प्रज्ञा को सदा जागृत रख,
गैर और अपने को समझने में भूल न कर।

आवेश में आकर अकारण आक्रोशित न हो,
भावना में बहकर जल्दबाजी में बहकना छोड़।

अतिशय खुशी में वादा करने की बात न कर,
शोकग्रस्त संतप्त हृदय से किसी को आह न दे।

धैर्य को खोए बिना अपनी राह 'शोभा' आगे बढ़,
सोच विचारकर कदम बढ़ा, पछतावा मत कर।

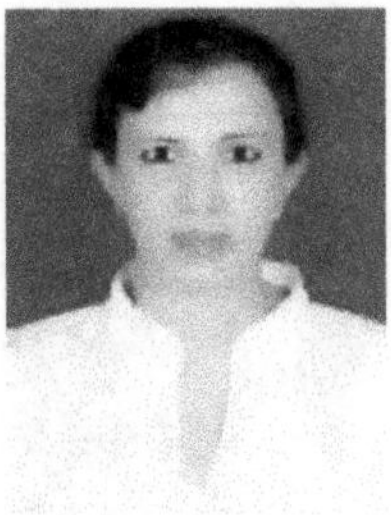

Preeti

Mentor Teacher

Yoga : Need of the hour for All Women

Women play crucial role in All spheres of life like she is surrounded with responsibilities of her family,children, office, career, cooking, cleaning And other social obligations- She hardly gets time for herself or her body- She might be overly worried About the health of her children And the well being of her family but she barely finds time to take care of herself- She is usually pushing herself Against the clock And working tirelessly to meet the timeline- In her busy schedule, she ends up neglecting her health-

We All know that 'Health is Wealth 'And it should be our priority At Any cost but women keep it Aside while performing her other responsibilities which is Affecting not only them but their family, society And nationAs well- It is high time that women themselves understand their worth And stand up for themselves to maintain A healthy body And mind- Yoga can be helpful in this- Yoga can easily be incorporated into Any lifestyle or schedule And practiced in home or outside-

Yoga today formsAn essential part of millions of people's lives- It is practised to keep oneself fit] for meditation And for good living- Doing yoga while taking A break from your hours & long routine work reduces the risk of AnÛiety, stress And depression- Yoga Also provides tool for practicing compassion] mindfulness, generosity, focus strength And fleÛibility- Yoga has been part of the lives of Indians since Ages- Today yoga is one of the most practised forms of eÛercise both physical And mental ½ even in the west- The popularity of yoga in the west is such that About 75% of the fitness centers of America offer yoga in their courses because the modern life is full of stressful situations] eÛhaustion from long hours And less sleep, hypersensitivity And AnÛiety disorders- By including yoga or meditation to life] we can improve the value] quality And quantity of our life- Yoga helps in stress management, better concentration And focus, besides increasing self & awareness, thus helping in bringing inner peace- Yoga is not A form of physical eÛercise only As commonly understood today- Yoga isA way of life- It is not A course to be completed within A specific period] it is A journey of self development-

Thus if you want to increase your level of happiness And life satisfaction] one of the best changes you can make is to find more time in your schedule for yourselfAnd perform yoga And meditation on regular basis As yoga brings holistic development- It helps to engage in life purposefully, reduce suffering And bring joy for living- It gives us A good lifestyle And thus reduce our health eÛpenses with least investment- It can today Act As both preventer And controller of disease And hence improves the quality of life-

रेनू यादव

बरेली

मैं पढ़ना चाहती हूँ, पापा! (कविता)

हाँ मैं तुम्हारी प्यारी बिटिया हूँ पापा!
रूबरू हूँ हर पल मैं,
तुम्हारे सारे गम! और खुशियों से!
इंतजार भी रहता है, तुम्हारे ऑफिस से वापस आने का!
तुम्हारे थकान भरे चेहरे को पढ़ लेती हूँ मैं।
तसल्ली नहीं मिलती मुझे, तबतक!
की जबतक तुम्हें पानी का गिलास और
एक कप अदरक वाली चाय न बना के दूँ!
और इन सब के बीच!
मैं, कुछ उकेरना चाहती हूँ सादे कागज पर,
अपनी कलम से!
खुद के हाथों, खुद की तकदीर लिखना चाहती हूँ पापा!
मैं पढ़ना चाहती हूँ पापा,

आगे बढ़ना चाहती हूँ !
हाँ मैं तुम्हारे आंगन की तुलसी भी बनना चाहती हूँ!
मैं रसोई में जलते गैस चूल्हे की तरह,
जलना चाहती हूँ, किसी निर्माण के निहितार्थ!
पका कर मजबूत कर देना चाहती हूँ,
अपने अंतस को कूकर में पकती सब्जी की तरह!
घर के सारे काम, करते हुए भी,
मैं पढ़ना चाहती हूँ पापा!
मैं आगे बढ़ना चाहती हूँ पापा!
मैं बताना चाहती हूँ,
इस पुरुष प्रधान समाज को!
कि आपकी बिटिया रानी,
आपके हौशलों की उड़ान बन सके।
बस इसीलिए!
मैं पढ़ना चाहती हूँ पापा!

सुषमा तिवारी
मुंबई

'मुझमे अब मैं नहीं'

सन्नाटे से नफरत थी,
जाने क्या बोला करती थी,
तन्हाई से थी घबराती मैं
अब अकेलापन भी प्यारा लगता है,
हाँ चुप रहना सीख गई हूँ

हर बात में नुक्स निकालना,
हर किसी से शिकायत थी रखती मैं
अब सब पूरा पूरा लगता है,
हाँ खुश रहना सीख गई हूँ

कोई लक्ष्य नहीं, कोई राह नहीं थी,
बंजारों सी थी जीती मैं

अब आंखो में कुछ सपने है,
हाँ उम्मीदों को जीना सीख गई हूँ

कभी खुद से ही अंजान थी,
घूंट विषाक्त कई थी पीती मैं
अब मुझमे कहीं मैं ना बची हूँ,
हाँ जीने की नई कला मैं सीख गई हूँ

www.ingramcontent.com/pod-product-compliance
Ingram Content Group UK Ltd.
Pitfield, Milton Keynes, MK11 3LW, UK
UKHW021312160826
14477UKWH00023B/384